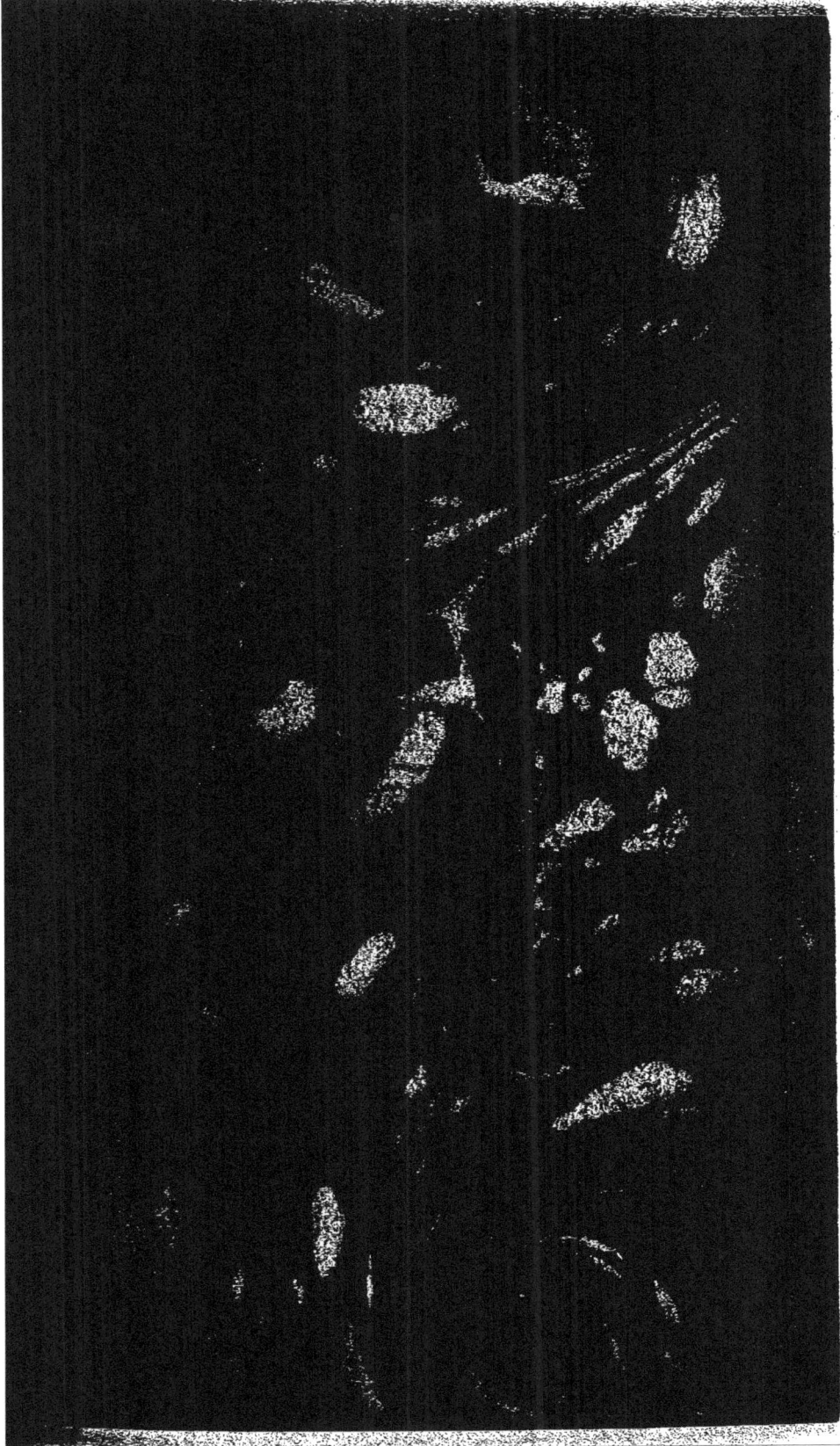

ENTRETIENS

GALANS.

Tome II.

A PARIS.

Chez Jean Ribou, au Palais, dans
la Salle Royale, à l'Image
S. Loüis.

M. DC. LXXXI.

ENTRETIENS
GALANS.

LA MODE.
V. ENTRETIEN.

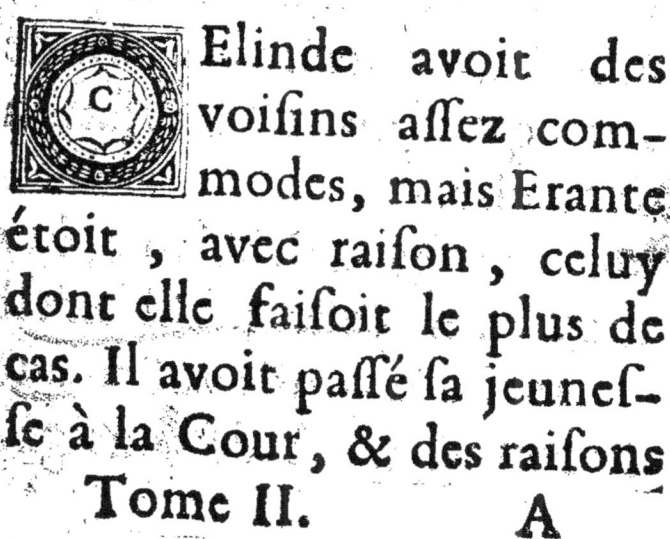

Elinde avoit des voisins assez commodes, mais Erante étoit, avec raison, celuy dont elle faisoit le plus de cas. Il avoit passé sa jeunesse à la Cour, & des raisons

Tome II.　　　　A

assez connües l'avoient o-
ligé de se retirer à la campagne. C'estoit un de ceux
qui venoient voir Celinde
le plus souvent. Il avoit
conservé cet air du monde,
qui empesche les gens de se
rendre fascheux ny impor-
tuns. Comme il avoit beaucoup d'esprit & de politesse,
il remarqua bientost que
Berelie n'en manquoit pas;
& il s'empressoit toûjours de
lier quelque conversation
avec elle.

Ie ne sçay, Madame, luy
dit il un jour, s'il m'est
permis de vous avoüer que
je n'ay rien vû de plus ga-

land ny de mieux entendu
que la maniere dont vous
vous habillez. C'eſt un me-
chant habit de campagne,
repartit Berelie, & on cherche pour l'ordinaire ſi peu
de façon dans cette ſorte
d'ajuſtemens, qu'on les trouve toûjours aſſez bien, pourvû qu'ils ſoient commo-
des.

Ie croy, Madame, reprit
Erante, qu'il ne faut guere
avoir un moindre goût pour
reuſſir en ces ſortes d'habits,
qu'en tous les autres. Cet
air ſimple que l'on y re-
cherche, n'eſt pas moins
difficile à attraper, que cet-

te agreable negligence que les Dames étudient avec tant de soin dans leur des-habillé.

Ie ne suis pas tout à fait de vôtre avis, repliqua Berelie. Quelque negligence que l'on affecte dans ces deshabillez, on est toûjours assujeti à quelque mode ; & les soins que l'on prend pour en cacher l'enteste-ment, ne servent pour l'or-dinaire qu'à le faire mieux paroître. Mais la mode n'oblige à rien dans un ha-bit de voyage. On n'y con-sulte que la seule commo-dité ; & pourvû que rien

n'y choque tout y doit paroître bien entendu. Si je
m'y connoy bien, repartit
Erante, les gens de vôtre
goût s'écartent de l'ufage
moins que d'autres. La mode eft pour tout le monde
une loy dont les gens raifonnables ne fe difpenfent
point. Ie vous avoüe, Mon-
fieur, repondit Berelie, que
la conduite des gens raifonnables eft affez la regle de
la mienne. Ie fais fans re-
pugnance tout ce qu'ils font.
Une mode me paroît affez
établie dés qu'ils la fuivent;
& ils la fuivent toûjours
dés qu'elle eft reçeüe dans

le monde.   l'ay toûjours
crû , pourſuivit elle , qu'il
y a autant d'imprudence
que de bizarrerie de vou-
loir ſe faire trop regarder.
On n'eſt jamais blâmé de
faire comme les autres , &
on l'eſt ſouvent de ne faire
pas comme eux ; d'ailleurs
la raiſon veut bien que l'on
ne donne pas tant à ſon
propre goût dans la façon
de s'habiller , que l'on ne
conſulte encore celuy des
autres. On ne s'habille pas
ſeulement pour ſoy même,
on doit avoir quelque ſoin
de ne pas choquer les yeux
de ceux à qui on ſe fait

voir, & on les choque par
des airs trop diftinguez. On
a dit de tout tems que l'u-
fage eft la feule regle des
manieres de parler. On doit
ajoûter qu'il l'eft encore de
celles dont on s'habille. Il eft
peu de raifons qui puiffent
difpenfer de cette loy ; &
s'il faut parler comme les
autres, il faut auffi s'habiller à peu pres comme eux.

C'eft une maxime, inter-
rompit Philemon, que vous
ne pratiquez pas avec au-
tant d'exactitude que vous
voudriez nous le faire entendre. L'on voit des mo-
des que vous ne fuivez pas,

A iiij

& si vous portez des cornetes & des coëffes blanches, vous n'avez pas encore pris ces touffes de ruban, dont les Dames rehauffent leur coëffure. Vos manteaux ne font pas bordez d'un grand nombre de nœuds do differentes couleurs ; & nous ne vous avons pas vû encore ces grandes busquieres terminées par trois branches, dont la plûpart des femmes ont crû faire un ornement.

Ie vous ay dit, ce me semble, reprit Berelie, que dans les modes comme en d'autres chofes , je ne reglois

ma conduite que fur celle
des perfonnes raifonnables.
Il y a des modes que l'on
ne fauroit fuivre avec raifon. Mais l'ufage ne fe de-
clare auffi jamais pour ces
fortes de modes. Elles ne
font fondées quo fur la bizarrerie de quelques particuliers, qui ne doivent pas
fervir de regle au refte du
monde. Ne voudriez vous
pas, ajoûtat-elle, que j'euffe donné dans ce goût bi-
zarre de quelques unes de
nos amies, qui ont bordé
d'un bout à l'autre d'une
frange d'or leur manteau
comme leur jupe. Une mo-

de ridicule ne va pas loin, peu de gens la ſuivent.

Eſt-ce que toutes les modes ne ſont pas ridicules en elles mêmes, interrompit Philemon ? Examinez un peu toutes celles qui ont paſſé, & voyez dans des tableaux ou dans des tapiſ-ſeries des gens vêtus à l'an-cienne mode : vous ne ſçau-riez les regarder ſans vous en mocquer. J'ay vû dans le Louvre une fort belle tapiſſerie de l'hiſtoire du Roy. La plûpart des per-ſonnages y ſont au naturel habillez à la Françoiſe, com-me on l'étoit il y a vint ans ; & ces habits font un effet , que l'on n'ose dire , par le respect que l'on doit à tout ce qui y est representé. Cependant vous m'avoüerez bien qu'au mariage du Roy on étoit habillé d'une maniere fort galante: mais cette mode a passé, & dans vint ans , on fera de celle d'aujourdhuy le même jugement que nous faisons de celle là. La nouveauté fait tout le merite d'une mode , & pour parler plus juste , il n'est rien d'agreable en France que ce qui est nouveau.

Ce sentiment est trop

particulier, repartit Berelie,
il y a des modes qui ne paſſent point. Les femmes ont
toûjours porté des coëffes,
& les hommes des chapeaux,
cette mode durera toûjours,
& je vous réponds, que
celle des Cornetes & des
Perruques ne paſſera jamais.
On y donnera des tours
nouveaux. On les fera ou
plus courtes ou plus lon-
gues, pour plus longues,
interrompit Philemon, je
n'y vois nulle aparence. La
longueur en eſt à un point
que l'on n'y ſçauroit rien
ajoûter.

Il eſt vray, repartit Bere-

lie. Mais j'admire l'adreſſe
des hommes dans ces lon-
gues Perruques. Ils ſe ſont
aviſez d'oſter aux femmes
une partie de leurs agrémens
pour ſe les rendre propres.
Ils ſe coëffent déja de nos
cheveux ; & je m'attends
bien qu'ils trouveront encore le ſecret de rencherir
ſur nôtre teint, comme ils
l'ont déja fait ſur nos coëf-
fures.

Cela ne ſeroit pas impoſ-
ſible, reprit gayement Philemon. Quelques uns de nos
Courtiſans font déja faire
à des pincetes l'uſage du ra-
ſoir, pour ſe faire un air

jeune & pour se rendre le
teint plus uni. Ie vous en
nommeray quelques uns
quand il vous plaira, qui
pour changer de peau se
sont servis de cette pomade jaune, dont quelques
unes de vos amies ont déja
fait un heureux essay. Ie
voudrois bien sçavoir, dit
Berelie, si ces beaux Messieurs ne prennent pas aussi
un masque quand ils vont
se promener? ne croyez pas
railler, continua Philemon,
le soleil les effraye, ils aiment à estre enfermez, ils
fuyent le grand jour, ils
craignent extremement le

hâle; & les plus belles femmes ne se menagent pas avec plus de soin qu'eux. Ie vous réponds toûjours, reprit Berelie, que cette mode ne sera pas suivie de bien des gens, & j'ay si bonne opinion des hommes, que je ne croy pas qu'il y en ait un grand nombre d'assez foux pour s'entéter de ces sortes de soins qu'on ne pardonne pas même aux femmes.

I'ay quelque peine à croire une chose aussi extraordinaire que celle là, dit Erante parlant à Philemon; mais je croy bien avec vous,

Madame , dit il à Berelie,
que la mode des Perruques
durera long tems , & j'ay
remarqué plus d'une fois,
que les modes dont on
s'accommode beaucoup ne
paſſent guere. Nous aimons
un air galant dans nos habits , mais nous y cherchons
la commodité autant que
la galanterie. Nous avons
un air aiſé dans nos manic-
res , nous le voulons auſſi
par tout ailleurs. Nous n'a-
vons rien de contraint , &
nous ne voulons pas que
rien nous contraigne. Nous
allons juſques chez nos ennemis pour nous accom-
moder

moder de tout ce qu'ils ont
de plus commode. Nous
avons depuis peu des Bran-
debourgs & des chauſſes
à l'Eſpagnole dont nous
nous ſervirons long-tems;
& cette mode durera, je
croy, autant qu'il y aura des
gens qui aiment la guerre
ou la chaſſe, ou qui ſe plaiſent ſeulement à monter
quelquefois à cheval.

Pour les Perruques, pour-
ſuivit il, nous ne les devons
qu'à nous mêmes, & les
étrangers les ont priſes de
nous. Point du tout, in-
terrompit Berelie, les perruques vives qui ſont cel-

les dont nous parlons nous
viennent d'Angleterre. Une
fort jolie Angloise aimoit
passionnement un homme
de son païs dont elle étoit
egalement aimée ; son A-
mant fût malade à la mort;
& le danger de sa vie la jetta dans le desespoir qui ac-
compagne toûjours de pa-
reils malheurs. Elle eut pourtant le plaisir de le voir bientôt hors d'affaire ; mais elle
partageoit bien avec luy le
chagrin qui luy restoit d'a-
voir perdu la teste du monde
la plus belle. Il ne se con-
soloit point de la perte d'un
ornement, qui n'avoit pas

peu fervi à le rendre aimable à la feule perfonne qu'il
adoroit ; & il fe faifoit une
idée capable de le defefpe-
rer, quand il penfoit à la
coëffure qu'il feroit obligé
de prendre. Sa Maitreffe
crût le devoir guerir de cette peine, & parmy les ex-
pediens que fon Amour
fceût luy fuggerer, elle s'a-
vifa d'attacher des cheveux
de divers fens, & elle ren-
contra aprés plufieurs effays,
cet arrangement de treffes
que nos perruquiers pratiquent encore aujourd'huy.
Elle fit appeller ceux qu'elle crût les plus habiles &

les plus experimentez dans
cet art ; & comme ses
cheveux étoient pour le
moins aussi blonds que ceux
de son Amant, elle les cou-
pa & luy en fit faire une
perruque qui ressembloit à
sa teste, & qui pouvoit le
consoler de la perte qu'il
venoit de faire. La delicatesse de cette fille alla jusqu'à luy faire chercher le
moyen, d'appliquer sur la
teste de son Amant, ce qui
avoit esté à la sienne ; elle
recommanda que la pointe
de ses cheveux pût estre
presqu'unie à la peau de celuy qu'elle aimoit. Elle luy

cacha le deſſein de cette perruque. Il n'en fût averty que lorſqu'il en fût coëffé, & il eut le plaiſir de la ſurpriſe, avec celuy que luy donnoit la preuve d'une tendreſſe, dont il ne pouvoit plus douter. Ie ne m'étonne pas, dit Philemon, que l'on doive l'invention des perruques à un pareil mouvement. L'amour eſt trop adroit pour n'avoir pas inventé un ſecours qui luy eſt ſi neceſſaire. Mais aprenez nous, dit-il à Berelie, de vos Cornetes, ce que vous venez de nous aprendre de nos perruques.

B iij

Pour les cornetes , dit
Berelie , je n'en sçay pas
trop l'origine, l'usage en est
assez moderne ; & il n'y a
pas trente ans, qu'il n'étoit
pas plus permis à une honneste femme , de paroître
en cornete dans le monde,
qu'à un honnéte homme
de se faire voir en bonnet
de nuit. On ne connoît ces
cornetes & ces coëffes blanches à Paris , ajoûta Celinde , que depuis le mariage
du Roy. La Cour passa par
le Languedoc pour aller à
saint Iean de Luz ; & dans
le peu de sejour qu'on fit à
Monpellier , à Beziers , à

Carcaſſonne , & à Toulou-
ze , on vit de fort jolies
Gaſconnes , qui avoient ſous
leur coëffure blanche un
agrément qui leur étoit particulier. Leurs cornetes &
leurs coëffes plûrent extremement à la feüe Reine
Mere. Les Dames de la Cour
en établirent bientôt la
mode. Il eſt vray qu'elles y
donnerent inſenſiblement
un tour de leur façon. C'eſt
à dire , ajoûta Philemon ,
que la Cour à ſon ordinaire outra cette mode juſques
à la porter à l'excez. Ces
cornetes n'alloient pourlors
qu'au menton ou à la gor-

ge tout au plus ; & on les
voit à la ceinture prefen-
tement. De la maniere que
vous en parlez, repartit Berelie , vous donnez dans
l'injuftice de ceux qui croyent, que les François font
outrez jufqu'à l'excez en
toutes chofes. Ie fuis affu-
rement de leur avis, repliqua Philemon , & j'ay raifon d'en eftre. Les François
ne font mediocres en rien.
Ils ne font moderez ny
dans le bien ny dans le mal.
Voyez, je vous prie, où va
nôtre emportement pour les
modes , puifque c'eft là de
quoy il eft queftion. Lors
qu'on

qu'on a pris des baudriers,
il a fallu les arréter fur l'é-
paule. On s'eft avifé d'y
metre d'abord un petit ruban ; ce ruban dans la fuite
a été noüé avec negligen-
ce, & l'on s'eft avifé enfin
d'en metre fur l'épaule droi-
te cent aulnes, lors même
qu'on ne porte point de
baudrier. Ie voudrois bien
voir en France, pourfuivit-
il, un étranger de bon fens,
qui n'auroit jamais oüy parler de la bizarrerie de nos
modes. Que ne diroit-il pas
de toutes ces inutilitez dont
on remplit la plufpart des
habits ? Quel jugement fe-

roit il, de toutes ces petites pieces d'étoffe de differente couleur, que nous appellons ruban, que nous attachons par tout sans raison ; au lieu que dans l'ordre naturel les rubans ne devroient estre employez qu'à attacher d'autres choses ? Ne riroit il point de ce prodigieux nombre de boutons dont nos Justeaucorps sont cousus de tous costez ? Parce qu'il en faut douze ou quinze pour se boutonner quand on le trouve à propos, nous en ajoûtons une grosse d'inutiles. Ne demanderoit il pas encore à quel usage sont nos points ?

On luy diroit fans doute,
repondit Berelie , qu'on a
trouvé à propos de s'en fervir au lieu du linge uni, qui
aprochant de trop prés du
vifage , y donne un air fa-
de & languiffant , comme
on le voit encore dans tous
ceux qui font en deüil. On
ne feroit guere d'un bon
goût , n'y d'un bon fens,
pourfuivit-elle , fi l'on ne
trouvoit fans peine la difference des points à la toile
la plus fine.

Tant de difference qu'il
vous plaira , reprit Philemon. Les points font toû-
jours une maniere de linge

qui ne devroit avoir nulle
place dans la plufpart des
endroits où l'on les met. Ie
comprens fans peine que
vos mouchoirs & nos crava-
tes , que vos manchetes &
les noftres , font beaucoup
mieux en point qu'en linge
uni ; mais une royale & une
jupe de point de France, font
des chofes qu'un étranger
de bon fens ne goûteroit
pas.

Vous fçavez bien que les
Turcs qui viennent en France , quand ils retournent
chez eux , font un plaifant
portrait de nôtre jeu de
paume. Les François, difent

ils , fe mettent à nud , en chemife, dans le plus fort de l'hyver pour courir aprés une bale qu'ils fe jettent fans ceffe les uns les autres, dans une falle élevée & ou- verte de tous coftez. Ils font, continuent-ils , des grima- ces & des contorfions pour atraper cette bale jufqu'à fe metre hors d'haleine. Ie vous avoüe, interrompit Be- relie , qu'il y a là de quoy faire un portrait affez plai- fant , mais qu'eft ce qu'on ne tourne pas en ridicule quand on le veut bien? A- voüez, dit Philemon, qu'on auroit bien plus de raifon

de nous condamner ſur nos
modes que ſur nos jeux.
Nôtre legereté n'eſt point
pardonnable , & l'on ne
ſçauroit excuſer cette bizarrerie , qui nous fait mé-
priſer dans ſi peu de temps
ce que nous eſtimons par
choix & par preference ; &
qui nous fait côdamner dans
une ſaiſon ce que nous avons
aprouvé dans une autre.

Vous n'y penſez pas
je croy , repliqua Bere-
lie , ce changement n'eſt il
pas ataché aux ſaiſons mêmes , & blaſmez vous la nature de ce que le printemps
ne reſſemble pas à l'hyver,

& de ce qu'aprés l'esté , elle
nous donne encore l'au-
tomne. Cette diversité de
fleurs , de feüilles & de
fruits, n'est pas selon moy
un inconvenient dont on
puisse se plaindre ; & j'aimerois autant que l'on cri-
tiquast la varieté des fleurs
qui embellissent si agreablement un parterre ; que
la diversité des couleurs, que
les femmes pratiquent dans
leurs jupes & dans leurs manteaux ; comme les hommes
dans cette agreable quanti-
té de rubans qui compo-
sent leurs garnitures. Iugez
en par l'effet , & non pas

C iiij

par une reflexion detachée.
La plufpart des chofes pa-
roiffent ridicules , lorfqu'-
on les fepare du fujet au-
quel elles font attachées naturellement. On n'en peut
bien juger que par compa-
raifon à tout ce qui peut
avoir du raport avec elles.
Ie fçay qu'un petit ruban
ne devroit eftre qu'une maniere de lien , c'eft là fon
ufage naturel ; mais qu'y
trouvez vous de choquant
lorfqu'on l'applique à toute
autre chofe Une belle gar-
niture bleffe-t'elle vos yeux;
& une belle Royale entre-
meflée avec art de points

de France & de rubans, fait
elle à vôtre avis un air qui
choque. Y auroit-il rien de
plus ridicule que l'entête-
ment des pierreries qui est
commun à toutes les na-
tions ? Qui ne verroit que
des perles & des diamans,
pourroit-il comprendre la
raison du grand prix qu'on
leur donne? Il faut les voir
lors qu'on les a mis en
œuvre, & lorsqu'une belle
personne en est parée. On
ne fera plus surpris du cas
que l'on en fait. On ne s'é-
tonne plus que les femmes
en soient si entêtées, quand
on a vû quelque bal ma-

gnifique. Vous avez remarqué vous même , dit-elle à
Philemon , que cette agreable Comtesse de nos amies
qui est en effet une des plus
charmantes personnes de la
Cour, & celle qui a les plus
belles pierreries , vous avez
remarqué disie , que de la
beauté & de la bonne grace
dont elle est , elle seroit
adorable, quand elle ne seroit qu'une pauvre bergere.
Que ses appas ont de quoy
se soûtenir d'eux mêmes;
mais que cependant le tour
qu'elle sçait donner à ses
habits & la magnificence
dont elle en rehausse le bon

air par ſes riches pierreries,
n'y gaſtent rien. Il y a autant de raiſon que de caprice , dans le prix que l'on
donne aux pierreries, repartit Philemon ; & c'eſt cette
raiſon qui fait que toutes
les nations les eſtiment é-
gallement. Mais nôtre bi-
zarrerie n'eſt reçeüe que de
nous meſmes. Nos modes
ſont pour nous ſeuls, & les
étrangers n'y donnent pas.
l'ay oüy dire cependant, reprit Berelie, que nos voiſins
en ſont plus enteſtez que
nous mêmes. Vous avez
voyagé, dit elle à Philemon,
& vous avez ſans doute re-

marqué que bien des gens s'habillent à la Françoise, dans le pays bas, en Allemagne, en Angleterre, en Italie, & l'empreſſement qu'on a pour nos modes n'eſt pas une marque qu'on les mépriſe.

Il eſt vray, ajoûta Erante, que j'ay remarqué dans quelques unes des Places que nous avons conquiſes, que l'ordre que le Roy a donné que les filles de qualité ſoient habillées à la Françoiſe du moment qu'on les marie ; j'ay remarqué, diſie, que cette obligation ajoûte quelque choſe, en ce

pays la, à l'empreſſement de
ſe marier qu'ont par tout
les filles. Cela ne me ſur-
prend pas , dit Celinde , &
je ſens bien, qu'à leur place,
le plaiſir d'eſtre habillée à
la Françoiſe me donneroit
un veritable deſir d'eſtre
mariée bientoſt, quand bien
même je me trouverois un
degoût pour le mariage. Nos
modes, continua-t'elle, ſont
ſi conformes à ce qui s'appelle l'eſprit de femme ,
qu'une étrangere ne ſauroit
avoir un avantage,qui apro-
che de celuy là. Ce que vous
dites eſt tres-certain, interrompit Berelie. Ie voudrois

pourtant que vous vouluſ-
ſiez bien remarquer que
toutes ſortes de modes ne
ſeient pas à toute ſor-
te de gens. Qu'il n'eſt pas
cependant aiſé d'en faire la
difference, & qu'il faut ſans
doute pour en faire un juſte choix, un goût que tout
le monde n'a pas.

Ie ne puis ſouffrir, con-
tinua-t'elle, qu'une femme
qui a le viſage long, s'aviſe
de porter de longues cor-
netes; & de les relever encore ſur le haut de la teſte
d'un pannache de rubans.
Un homme, d'une taille au
deſſous de la mediocre, ne

me paroît pas fuportable en
Ringrave. Un bas roulé luy
fait cent fois mieux. Vous
rendriez un grand fervice
à bien des gens, dit Philemon, fi vous vouliez les
inftruire dans cet art. Cela
ne me fembleroit pas aifé,
répondit Celinde.

Cela ne me paroîtroit pas
impoffible, repliqua Berelie. Ie fçay que le bon goût
n'eft pas une chofe, qui fe
communique aifement. Mais
croyez moy, le bon goût
& le bon fens ont toûjours
tant de raport enfemble ;
que l'on peut, du moment
que l'on a beaucoup de l'un,

acquerir fans peine beau-
coup de l'autre. On a toûjours des miroirs & des amis;
& pour peu qu'on foit dans
le monde , il eft aifé de
s'inftruire par exemple.

Il y a des gens qui ne
fçauroient mal s'habiller, ils
donnent , à tout ce qu'ils
portent un tour qui leur
attire une generale approbation. C'eft la meilleure é-
cole dans cet art. Il faut fe
former fur ces bons model-
les , & profiter même des
mauvais en les obfervant
pour ne pas les imiter. Mais
il eft quelquefois dange-
reux de vouloir trop s'y
con-

connoître. Cette science
quand on en veut faire
quelque usage ; fait pour
l'ordinaire des ennemis. Tout
le monde se picque de sçavoir s'habiller, & on ne re-
çoit pas agreablement des
avis dont on ne croit pas
avoir besoin. Ces avis pourroient nous estre utiles, qu'ils
nous deplairoient toûjours.
Nous n'aimons pas des gens
assez éclairez, pour connoître en nous des irregularitez,
que nous ne connoissons
pas nous mêmes. Peu de
gens entendent raillerie sur
la maniere dont ils s'habillent. On est persuadé que

Tome II. D

lorſque les habits déplaiſent
preſque toûjours , la perſonne ne plaît preſque jamais. Il y a un certain raport de nos habits avec
nous mêmes , qui empéche
avec raiſon, d'en faire une
aſſez ! juſte difference. Les
femmes ſçavent bien ce-
qu'elles font , quand elles
font ſi occupées de leur parure ; & les hommes galans
ne doivent jamais ſe pic-
quer auprés d'elles, d'en juger finement. C'eſt les em-
barraſſer & les contraindre.
Quelques ſoins qu'elles donnent à leur ajuſtement, elles
ſortent toûjours de leur

toilete avec quelque cha-
grin. On fe fait une idée
d'un certain air, qu'on a peine à attraper. On a beau le
chercher dans le miroir, on
ne le trouve point fur foy
même ; & fans prendre garde que le defaut n'en vient
pas d'une caufe étrangere,
on pefte cent fois contre
les tailleurs, contre les cou-
turieres & contre toutes les
perfonnes dont on fe fert.
Ie ne fçay fi, aprés cela, un
homme qui fait le capable
dans cet art, qui fe mefle
de glozer, & qui decouvre
en un mot, ce que l'on à
un grand foin de cacher; je

ne sçay, dit elle, si un homme de cette humeur doit
estre contant de sa conduite, & s'il peut se flater de
se rendre par là commode
& agreable. Il y a du pour
& du contre dans toutes les
choses de la vie, luy répondit Philemon. Vous me l'a-
vez apris vous même, & je
croy, qu'en cecy, il y auroit
plus d'avantage à esperer,
que d'inconvenient à craindre. C'est à mon sens la
science d'un honneste homme. S'il est habile sur cette
matiere, il se tirera toûjours
avantageusement des plus
agreables conversations. El-

les roulent toutes sur les
modes. Il n'entre & ne sort
personne, que l'on ne fasse
une maniere d'inventaire de
ses habits. Un homme qui
s'y connoît, au dépens de
sacrifier quelqu'un, peut
bien faire sa Cour à d'autres; & ce n'est pas achet-
ter trop cher l'estime des
personnes aux quelles on
veut plaire, que de la gagner
par le sacrifice de celles dont
on ne se soucie pas.

Il y auroit là dessus bien
des choses à dire, repartit
Berelie. Vous ne sçavez ce
que c'est que de s'atirer la
haine d'une femme par ces

endroits. Prenez vous en à
ſa reputation, critiquez ſa
naiſſance, offenſez la du
coſté de l'honneur. Elle
peut revenir de tout, lorſque ſa beauté n'eſt pas cho-
quée. Mais c'eſt l'offenſer
d'une maniere trop ſenſible
que de s'en prendre à ce qui
a quelque raport à ſa beauté, ou à ſa bonne grace.
Vous ne doutez pas que les
habits n'y ſervent de beaucoup ; & en paſſant, c'eſt
de ce ſeul endroit que vient
l'enteſtement des modes.
Mais ces reflexions nous
meneroient trop loin, ajoû-
ta-t'elle, point du tout, re-

prit Celinde. Vous eſtiez en train de nous dire des choſes aſſez utiles, tout le monde vous écoutoit avec plaiſir; & perſonne ne ſe feroit aviſé de vous interrompre.

Vos honnétetez ſont trop obligeantes, repondit Berelie. Elles ne perſuadent pas, parce qu'elles ſont trop étenduës. Ie ne ſuis pas d'ailleurs aſſez contente de moy même, pour croire que je puiſſe apprendre quelque choſe à des gens qui en ſçavent plus que moy. Ie veux ſeulement faire remarquer à Philemon, continua-t'elle, que les modes ont quel-

que chofe de bien different
pour nous deux, dans le jugement que nous en faifons.
Elles ont à mon gré quel-
que chofe de fi curieux,
qu'elles me confolent prefque de l'impoffibilité de
voyager, qui eft attachée à
nôtre fexe. I'ay de l'eftime
pour luy, & je ne faurois
croire que dans fes voyages,
il euft voulu fe contenter
de voir la façon dont on
baftit les maifons & les
villes en Angleterre, en Allemagne, en Italie, & ailleurs. Il y cherchoit pluftôt
à juger par luy même des
habits, des manieres & des
                    mœurs

mœurs de cent nations differentes ; & je trouve qu'on
peut aſſez contenter cette
curioſité , ſans ſortir de
Paris.

Nous changeons de ma-
nieres & de mœurs preſ-
qu'auſſi ſouvent que de modes. Nos François ſont bra-
ves , comme ils l'ont toûjours eſté , mais ils ne ſont
plus brutaux ; & autrefois
il leur étoit permis de l'eſtre.
On querelloit les gens pour
des riens. On ſe bâtoit ſouvent ſans ſçavoir pourquoy.
Une bagatelle faiſoit une
affaire. On n'eſt plus à preſent ſur le qui-vive, on ne

Tome II.   E

s'offense de rien ; & on ne
se querelle, & on ne se bat
plus, sans se faire moquer
de soy. Nos mœurs sont
changées en peu de temps,
comme vous voyez, nos
manieres ne le sont pas
moins. On ne fait plus de
façons parmy les gens qui
entendent un peu le mon-
de. On entre librement par
tout ou l'on est connu, on
en sort de même. On ne
prend plus congé comme
autrefois des personnes à
qui on a rendu visite, on se
retire dés qu'on le trouve
à propos sans rien dire, &
sans en faire nul semblant.

C'eſtoit autrefois une in-
civilité horrible , d'eſtre à
table ſans chapeau, avec des
gens à qui l'on devoit quelque choſe ; & il eſt libre a
preſent de manger nuë tê-
to avec toute ſorte de gens.
Ces manieres ont tout à fait
changé , on en a pris d'autres, parce qu'on les a trou-
vées plus commodes ; &
pour peu qu'on y faſſe reflexion , on trouvera quelque
difference , de la maniere
dont vivoient autrefois nos
Peres , d'avec celle dont
nous vivons. Ce n'eſt pas
que je pretende,qu'on doive
d'abord donner dans ces

changemens. Il y en a qu'il
faut suivre aveuglement, &
d'autres qu'il faut bien exa-
miner, avant que de s'y rendre ; Et je croy qu'on peut
établir, pour maxime, en tout
ce qui s'appelle mode, qu'il
ne faut jamais estre, n'y des
premiers à la suivre, n'y des
derniers à la quiter.

Tout ce que Berelie avoit
dit, estoit si fort au gré de
ceux qui l'écoutoient, qu'on
se jetta sur son goût & sur
sa delicatesse, & elle se vit
obligée de soutenir une conversation dont sa modestie
étoit un peu embarrassée.

LA MUSIQUE.

VI. ENTRETIEN.

Erelie a la voix fort belle, & elle sçait la conduire dans toutes les regles. Lambert qui la regarde, comme une de ses meilleures écolieres, luy fait toûjours part de tous les airs nouveaux de sa façon; & pendant qu'elle fût à la campagne, il eut soin de luy noter, tout ce qu'il crût le plus digne d'elle. Il luy envoya d'abord un air qu'il venoit de faire fur ces paroles.

Quand un objet trop severe
Ne veut rien vous accorder,
Il ne faut rien demander,
Mais il faut tafcher de plaire.

Berelie fe declara pour cette chanfon. Elle en aimoit l'air & la penfée. Elle fe faifoit un plaifir de la chanter, & Philemon s'en faifoit un de l'entendre. Il fe connoît en mufique, il chante affez bien, & il cultivoit fa voix, pour avoir un pretexte, de chanter à Berelie, ce qu'il n'ofoit luy dire. Elle luy demanda une chanfon, il chanta celle cy qui étoit toute nouvelle.

Quittez cette rigueur extreme,
Vn jour Philis vous changerez,
Et je sçay desia qui vous aime,
Mais non pas qui vous aimerez.

Berelie recommença cet air avec Philemon, mais elle le continua seule. Il cessa de chanter pour s'e-crier d'un air tendre. Quelle voix? Qu'elle est touchante? Elle me charme, j'en suis enchanté. Il est vray, dit Berelie, que cette pensée est fort jolie. Elle est natu-relle; l'expression en est bien tournée, & l'air y vient fort bien, ce me semble. Vôtre voix n'y gaste rien, repondit Philemon. Le pre-texte en est assez adroit, re-partit Berelie, & je voy bien

E iiij

que vous ne loüez ma voix,
que pour m'obliger à faire
l'eloge de la vôtre. Vous
n'étes pas aussi injuste que
vous voulez le paroître, repliqua Philemon , & vous
entrez trop bien dans mon
sens, pour ne pas connoî-
tre ma pensée. Ie vous avoüe
aussi , que vous ne me feriez pas un plaisir mediocre, de me témoigner, que
vous vous plaisez à m'en-
tendre. Vous sçavez, ajoûtât
il en chantant

Que quand on aime la muzete,
On aime bientôt le berger.

Fuyons, chanta Berelie, en
se joüant & faisant sem-

blant de s'éloigner de Philemon.

Fuyons cette rive charmante,
Ou Thirsis vient souvent chanter.

Elle dit toute la chanson,
& Philemon alloit repon-
dre, lorsque Celinde prit
la parole. Ie croy leur dit
elle, que vous feriez une
assez longue scene en mu-
sique, qui vaudroit bien
celle du malade imaginaire.
I'ay tort de vous avoir interrompus, mais je ne puis
m'empescher de vous dire
la reflexion que je viens de
faire. I'ay trouvé que le
plaisir de se faire admirer,
n'est pas le plus grand charme d'une femme qui a la

voix belle. L'avantage de
s'attirer mille petites declarations, & d'y repondre à
propos sans que cela soit de
nulle consequence, est quelque chose, **qui** justifie bien
l'entérement qu'on a pour
la musique.

Berelie prenoit bien viste
le sens des allusions, mais
elle sçavoit affecter à propos
un air d'innocence, qui sied
admirablement aux person-
nes qui ont beaucoup d'esprit. Il est certain, dit elle,
d'un air ingenu, que la
plûpart des femmes, qui
chantent, ont la foiblesse de
se faire un veritable merite

des petites complaisances,
qu'on a pour leur voix. Elles ne remarquent pas, que
beaucoup de gens desagrea-
bles chantent bien ; & que
l'on peut estre d'une extreme laideur, quoy qu'on
ait la voix extremement
belle.

C'est toûjours une quali-
té, qui n'est pas indifferente, repartit Philemon. On
pourroit en avoir mille autres, qui paroîtroient meilleures, & qui ne vaudroient
peuteftre pas celle-là. Il y a
de certains avantages, qui ne
font bons qu'à ceux qui les
possedent, mais une belle

voix est aussi agreable, à ceux
qui entendent chanter, qu'à
ceux qui chantent. C'est là
un de ces biens, qui se com-
muniquent, & qui ne sont
pas uniquement destinez à
celuy qui en joüit.

Vous en pourriez dire
trop, repondit Berelie. Tout
le monde n'a pas le même
goût pour la musique. Nous
connoissons bien des gens,
qui prefereroient une conversation à un concert. Cela est vray, repartit Philemon, tout le monde n'a
pas assez d'oreille pour juger finement du raport que
doivent avoir ensemble tou

tes les parties de la musique;
mais personne n'en manque
pour une voix seule. On en
connoît d'abord la beauté,
& ceux qui n'aiment n'y
concert n'y symphonie,
sont pour l'ordinaire ceux
qui trouvent le plus de
charmes dans une seule voix.

On a dans ce siecle
tant de goût pour la musique, dit Celinde, & les
femmes en sont si entétées,
qu'il faut bien qu'elles la
regardent comme un moyen
de plaire. Tout ce qui ne va
pas là, ne sauroit guere les
attacher. Elles n'aiment bien
que ce qui les rend aima-

bles; & je crois avec Berelie, qu'il y a peu de femmes, qui n'ayent quelque
Coqueterie dans le cœur ou
dans l'esprit.   Ie ne voy
point de prude, qui ne se
picque de bien chanter,
pour peu qu'elle y puisse
reussir ; & leurs petites façons & toutes leurs mines
pour faire les honneurs de
leur voix sont toûjours une
preuve de l'empressement
qu'elles ont de paroître a-
greables. Un petit Rhume
leur est toûjours d'un grand
usage. Une toux leur vient
toûjours à propos, & on affecte cent petites difficul-

tez pour en excuser mieux les defauts, & pour donner plus d'éclat à ce qui peut y estre à leur avantage.

Vous m'avez insultée plus d'une fois, repondit Bere-lie, de ce que je ne mena-geois pas trop les femmes. Vous voulez bien que j'aye ma revanche, & que je vous demande, pourquoy vous rejettez sur elles un defaut qui leur est commun avec les hommes. Ils façonnent peuteste plus que nous, sur la belle voix. Ils se defen-dent de chanter, sur des pre-textes, qui ne servent pas, autant qu'ils croyent, à pre-

parer les oreilles en leur faveur. On decouvre bien-tôt
leur politique; Et leurs façons font fuivies, pour l'ordinaire, d'un effet bien op-
pofé à ce qu'ils en aten-
doient.

C'eft ce qui me furprend,
ajoûta Philemon. On fçait
que toutes ces petites façons ne font, pour l'ordinaire, de nul merite dans les
femmes, & qu'elles font
d'un grand ridicule dans les
hommes. On donne cepen-
dant dans les mêmes de-
fauts que l'on condamne
dans les autres. Se corrige-
t'on tout a fait de ce qui
regard»

regarde la vanité & l'amour propre? dit Berelie. On y revient toûjours, & nous avons bien de la peine, de nous defaire de ce qui eſt né avec nous. Ce qui me paſſe, c'eſt que cet Amour propre, qui eſt ſi ingenieux, nous fait prendre cependant des meſures ſi fauſſes. Nous tâchons aſſez ſouvent de cacher un vice, ſous les apparences d'une vertu. On ſe pare d'un pretexte de modeſtie pour ſe metre à couvert de la vanité, qui ſuit les petites loüanges qu'on nous donne. Pour s'en atirer de nouvelles, on jette,

avec adreſſe, des raiſons qui
peuvent leur ſervir de fondement. On ne s'aviſe point,
que l'affectation ſe decouvre, par le ſoin qu'on prend
de la cacher. Faites chanter
quelqu'un, écoutez le avec
attention, ne vous laſſez
pas, demandez luy toû-
jours qu'il recommence,
loüez ſa voix, dites que
rien n'en égalle la beauté, &
cent choſes pareilles. Vous
voyez qu'on s'arme d'abord
d'une fauſſe modeſtie. Re-
gardez y de prez, vous verrez que les raiſons qu'on
oppoſe aux loüanges, ſer-
vent à les continuer, plû-

tôt qu'à les interrompre. Se peut il qu'on n'ouvre pas les yeux, & qu'on ne compréne pas que c'est nous loüer nous mêmes, plus que d'autres ne nous loüent, lorsque nous n'oppofons, que des obstacles foibles & passagers aux perfections que nous donne la flaterie. Repondre, qu'on a un furieux rhume, lorsqu'on loüe nôtre voix, n'est ce pas avoüer, qu'on croit chanter d'une maniere enchantée, lors qu'on n'est pas enrhumé.

Ie n'en faifois pas un jugement si defavantageux, repondit Celinde. De la ma-

niere que vous **le prenez**,
on seroit bien mal heureux
de faire quelque chose au
gré des gens. On ne sau-
roit repondre à leur com-
plaisance & à leur honné-
teté , sans se tourner soy
même en ridicule.   Que
voulez vous aussi que l'on
dise ? lorsque l'on s'attire
des éloges sinceres par une
voix qui plaît.

Ie veux , repondit Bere-
lie, que dans toutes les occasions de la vie , on sache
faire à propos le sourd , le
muet , l'aveugle & l'inno-
cent mesme quelque fois.
Il ne faut pas entendre ce

que l'on dit, lorsqu'on seroit embarrassé d'y repondre. Les jeunes personnes
doivent se souvenir de cette regle, pour ne l'oublier
jamais, qu'à moins d'avoir
un grand usage du monde,
on ne répond jamais mieux
à des loüanges, que lors-
qu'on n'y répond point du
tout. Il faut comme disent
les Italiens *aïutarse col silentio.*
Un petit serieux, un si-
lence modeste, une simple
reverence, disent dans la jeunesse un peu plus, ce me
semble, que tous les plus
beaux discours ; & sur la
voix comme sur toutes les

belles qualitez, il faut pour
s'en faire un veritable merite, ne point s'en piquer
du tout, & ne pas auſſi trop
s'en defendre.

Ie voudrois qu'une per-
ſonne, qui a la voix agreable, chantât ſans façon
lorſqu'on l'en prie avec
quelque inſtance, & quelle
ne fît pas acheter trop cher,
ce qui ne luy coûte rien.
Vos maximes ſont ſi belles,
reprit Celinde, que vous
devez me ſçavoir bon gré,
de vous donner une occa-
ſion de les pratiquer. Vôtre
voix nous plaît extreme-
ment, chantez nous un peu

cette chanson sur les loups.
Ie vous fais ma cour par plus
d'un endroit. Vous eſtimez
tant l'eſprit & le merite de
la Dame qui en a fait les
paroles , que vous trouve-
rez plus d'une ſatisfaction
dans celle que vous nous
donnerez. Vous me rendez
juſtice , repondit Berelie , je
vous en ſuis plus obligée
que vous ne penſez. Ie vais
la chanter, aſſurement , le
mieux que je ſauray. Ie ne
ſuis nullement enrhumée ,
& ce ne ſera que le defaut
de ma voix , ſi je ne m'en
acquite pas à vôtre gré.
Vous chantez ſi bien & avec

tant de methode, que vous
n'avez rien à craindre de ce
cofté là , repartit Celinde.
Perfuadez vous le toûjours,
repliqua Berelie , vous me
ferez un fort grand plaifir,
& vous vous en ferez un à
vous même. Ie voy bien,
reprit Celinde, que la pluspart des maximes que vous
avancez ne font pas tant
pour vous que pour d'au-
tres. Vous n'en avez nul befoin, & fi tout le monde
pouvoit répondre comme
vous , il feroit inutile de
fçavoir faire à propos le
fourd & le muet. Vous me
parlez toûjours d'une ma-
niere

niere si obligeante, repondit encore Berelie, que s'il
falloit en faire le choix, j'aimerois beaucoup mieux re-
noncer au plaisir de vous
parler, qu'à celuy de vous
entendre. Mais au lieu de
répondre à vos loüanges je
vay tascher de les meriter,
& je commence par une
chanson que je ne vous ay
pas encore chantée.

Par mille soins un Amant bien atteint
  Veut toûjours prouver à sa belle,
    Qu'il l'adore & qu'il la craint,
      Et qu'il n'adore & ne craint qu'elle.
Et moy toûjours constant, mais toûjours rebuté
l'estale aux yeux d'Iris une fausse vengeance.
Mais helas mon Amour autant que sa beauté
    Luy répond bien de ma constance.

Cette chanson, interrom-
pit Philemon, ne vous dis-

Tome II.   G

pense pas de celle que vous
nous avez promise. Ie n'ay
pas pretendu vous manquer
de parole, repondit Berelie,
& je vay vous chanter ces
loups que tout le monde
estime avec raison.

D'où vient, dit Phile-
mon aprés s'être ecrié sur la
delicatesse des paroles, &
aprés avoir admiré Berelie,
d'où vient que l'on ne fait
guere plus d'aussi jolies
chansons que celle-là. En a-
t'on guere fait autre-fois
d'aussi belles, repondit Berelie? Ne jugeons nous pas
des temps comme des lieux?
N'estimons nous point da-

vantage ce qui est le plus
éloigné de nous ? Ne som-
mes nous pas en un mot un
peu trop prevenus en faveur
de ce que nous n'avons pas
au prejudice de ce que nous
avons. N'en déplaise à l'an-
tiquité , je croy qu'il n'y a
jamais eu de plus beaux
esprits ny dans Rome ny dans
Athenes, qu'il y en a presentement à Paris. La France est
aujourd'huy, en toutes choses , ce qu'estoient la Gre-
ce & l'Italie autrefois , &
pour ne point sortir de nôtre sujet , vous sçavez vous
même un nombre infini de
petites chansons , qui val-

lent bien toutes celles que
l'on faisoit, du temps de
nos Peres. On fait tous
les ans des Printemps fort
jolis, dont l'air & les paroles sont admirables. Un de
nos amis ne nous donne
t'il pas assez souvent de petits madrigaux, qui font
honneur aux meilleurs maîtres de musique? Vous nous
avez quelque fois chanté

Printemps delicieux que tu fais de beaux jours,

Et vous avoüerez bien
avec moy, qu'on n'a guere
fait, dans nul autre temps,
des chansons plus jolies.
Vous ne choisissez pas mal,
repartit Philemon. Vous me

parlez d'un des plus beaux
esprits que nous ayons.
Nous ne luy devons pas seu-
lement ce qu'il fait , nous
luy sommes encore obligez
de ce qu'ont fait de mieux
beaucoup d'autres. Mais
cela n'empéche pas , que
ma remarque ne soit af-
sez bien fondée. On fai-
soit, il n'y a pas long-tems,
un plus grand nombre de
petites chansons.

On en fait encore beau-
coup, repliqua Berelie, mais
on en chante fort peu. Les
airs de l'Opera sont à la mode , chaque chose a son
temps. l'Opera passera com-

me le reste , mais un peu
plus tard à mon avis. On a
quelque raison de s'y plaire , & ce qui nous plaît avec
raison, nous plaît pour l'ordinaire affez long tems.
Quoy, dit Philemon , vous
qui avez un goût fi delicat,
approuvez vous l'Opera en
tout , & n'y trouvez vous
rien à redire. Il y a bien
des chofes que i'y voudrois
reformer, repondit Berelie,
mais tel qu'il eft il a de
quoy paroître agreable. C'eft
un fpectacle digne de la cu-
riofité des honnétes gens.
Qui aime la mufique en fera toûjours content, ne s'en

laſſera jamais , & le verra toûjours avec plaiſir. Ie ne m'aviſe pas de vous faire le plan de l'idée que j'aurois d'un Opera, mais je ne dou-te pas qu'il ne plût davan-tage ſi j'en étois crüe.

Vous commenceriez ſans doute par les defauts les plus aiſez à corriger ; pour venir inſenſiblement aux plus difficilles. Vous ne voudriez pas qu'on vint di-re en chantant, le Roy vient, la Reine s'avance , & vous établiriez ſans doute pour premiere regle , qu'on n'y chantât , que les endroits qui ſont ſuſceptibles de

G iiij

quelque paſſion. Le chant
n'eſt pas fait pour des recits. Il les rend toûjours trop
longs , & ils ne ſauroient
eſtre aſſez courts. Vous ne
voudriez peuteſtre pas, qu'un
Roy & un heros fiſſent de
ſi grandes roulades ; & peuteſtre établiriez vous encore , qu'ils ne chanteroient
point du tout.

Vos remarques ſont jnſtes,
reprit Berelie , mais je ne
condamnerois pas, qu'on fiſt
chanter les Rois & les Heros, pourvû que leur chant
eût quelque raport à leur
caractere.   Perſonne ne
murmure qu'on les faſſe

rimer , & qu'ils faſſent de
longs diſcours en vers, dans
les pieces de theatre. Et il
eſt moins naturel , ſi vous
y prenez garde , de rimer
que de chanter. Pour les
roulades dont vous parlez,
tout le monde fera de vô-
tre ſentiment , & rien ne
ſauroit les excuſer. Cependant je m'attacherois, un peu
moins, à ces minuties, qu'au
tour nouveau, que je vou-
drois donner à l'Opera. Ie ne
ſuis , ny aſſez injuſte ny
aſſez bizarre, pour diminuer
quelque choſe, du merite de
celuy, à qui on en doit l'invention. Ie connoy peu de

gens, qui euſſent pû y reuſſir auſſi bien que luy. Outre
le deſſein, dont on luy eſt
obligé, il faut encore avoüer,
qu'il a un talent, qui luy
eſt fort particulier, pour les
paroles qui ſe chantent. Perſonne n'y reuſſit mieux que
luy. Il connoît le cœur. Il
en exprime les ſentimens
d'une maniere galante; mais
on a étoûjours remarqué,
qu'il étoit aiſé, d'ajoûter
quelque choſe, à ce que
d'autres ont déja trouvé; Et
je croirois qu'il ne ſeroit
pas difficile, de faire voir,
que cette maxime ne ſeroit
pas moins veritable, ſur la

conduite de l'Opera, que sur
toute autre chose.

De la delicatesse, dont je
vous connois, ajoûta Ce-
linde, je croy qu'un Opera,
dont vous auriez bien voulu vous mesler, seroit quelque chose de bien agreable.
Vous avez toûjours des lumieres que les autres n'ont
pas, & je conterois bien
surement, que vos reflex-
ions seroient approuvées
de tout le monde. Ie vous
conseillerois d'en faire part
à quelqu'un, qui pût vous
en épargner le soin. Vous
rendriez un grand service
au public, & vous travail-

leriez pour vous même. Cependant avec tous les de-
fauts, qui choquent à l'O-
pera, avoüons, qu'il y a peu
de divertissemens , qu'on
puisse luy comparer. La Musique seule en pourroit au-
thoriser le prix & le merite, dit Philemon. On n'a
jamais rien fait qui en ap-
proche , & dans tous les
Opera, on nous chante des
airs qu'on écoute avec ad-
miration , quand on s'y
connoît , & qu'on entend
toûjours avec plaisir , lors
même qu'on ne s'y connoît
pas

Tout le monde en est

bien perſuadé, repondit Berelie, mais j'en ſuis moins
ſurpriſe que bien des gens.
Un bel eſprit, qui aura du
talent pour la Muſique &
qui s'y appliquera, y reuſſira
toûjours. Elle eſt moins
difficile que les autres arts.

Iuſqu'icy pourtant, re-
partit Celinde, ce n'eſt pas
à la muſique qu'on avoit le
mieux reuſſi. Ceux qui s'en
étoient meſlez, pour un air
qui valloit quelque choſe,
en avoient donné deux cens
qui ne valloient rien. Depuis tant de ſiecles, qu'on
ſe meſle de chanter, l'Eu-
rope n'a produit qu'un ſeul

homme , qui dans un ſi
grand nombre de pieces,
ſe ſoûtienne égallement, &
faſſe voir , que la muſique
a des regles certaines, dont
l'intelligence eſt aiſée à ceux
qui ſont nez, avec le talent
de les mettre en uſage.

Ie ſçay, repliqua Berelie,
que l'on y avoit moins reuſſi,
mais ceux qui s'en étoient
meſlez , n'avoient pas à
beaucoup prés tant d'habileté. L'occupation en étoit
trop baſſe autrefois , & peu
d'honnétes gens euſſent
voulu s'y appliquer. Il n'eſt
pas de même preſentement.
La muſique eſt à la mode,

les gens de la Cour veulent
la ſçavoir , & ils l'apprennent avec plus de ſoin que
ceux de la ville. Des Dames
de la premiere qualité , la
ſavent aſſez bien pour faire
de jolis menuets. Une Ducheſſe, jeune , belle & ſpirituelle vient de faire une
courante, dont tous les maîtres de muſique admirent
l'air , & comme elle danſe
beaucoup mieux qu'elle ne
chante , je m'attends qu'elle y fera des pas , qui vaudront bien ceux qu'auroient
pû faire Bocan & Deſairs
& ceux que Favier , Faüre
ou Létang y ferõt ſansdoute.

Ie ne vous parle de cette
courante , que pour vous
faire remarquer , que de la
maniere que la musique
commence à s'établir en
France , nous pouvons nous
attendre à voir de beaux airs.
Depuis que les plus honnétes gens s'attachent aux belles lettres , nous avons des
ouvrages bien delicats ; Et
vous ne doutez pas qu'il ne
soit un peu plus difficile,
d'ecrire en nôtre langue,
que de composer en musi-
que. Le melange de sept ou
huit tons , n'est pas tout a
fait aussi malaisé, que celuy
de vint & deux ou vint &
trois

trois lettres, & d'un nombre presqu'infini de mots. Lorsque deux personnes, d'un esprit égal, prendront ces deux occupations si differentes, l'un paroîtra mediocre dans ses écrits, lorsque l'autre excellera en musique.

Pour moy je n'en sçay, qu'autant qu'il en faut pour chanter un air, & pour juger si les autres le chantent juste. Mais si j'en sçavois assez pour composer, je croirois y trouver des facilitez assez grandes. Ie regarde déja la declamation, comme une autre espece de

mufique ; & dans mon fens
un muficien, qui faura bien
reciter des vers , aura de
grands avantages pour y
mettre une note favante &
naturelle. Le recit des Co-
mediens eft une maniere de
chant, & vous m'avoüerez
bien, que la Champmeflé
ne nous plairoît pas tant,
fi elle avoit une voix moins
agreable. Mais elle la fçait
conduire avec beaucoup
d'art, & elle y donne à propos des inflexions fi naturelles , qu'il femble, qu'elle
ait veritablement dans le
cœur une paffion, qui n'eft
que dans fa bouche.

Cette belle scene du malade imaginaire, que Celinde vient de nous citer, poursuivit Berelie, n'a t'elle pas toûjours eu, sur le theatre de Guenegaud, un agrément qu'elle n'auroit jamais sur celuy de l'Opera. La Moliere & la Grange, qui a chantent n'ont pas cependant la voix du monde la plus belle. Ie doute même qu'ils entendent finement la musique, & quoy qu'ils chantent par les reles, ce n'est point par leur chant qu'ils s'attirent une si generale approbation. Mais ils savent toucher le cœur,

ils peignent les paſſions. La
peinture qu'ils en font eſt
ſi vray ſemblable & leur
jeu ſe cache ſi bien dans la
nature, que l'on ne penſe
pas à diſtinguer la verité de
la ſeule apparence. En un
mot, ils entendent admi-
rablement bien le theatre,
& leurs rôles ne reuſſiſſent
jamais bien, lorſqu'ils ne les
joüent pas eux mêmes.

Tous ceux qui ont quel-
que goût pour le theatre, repartit Philemon, ſeront bien
perſuadez de ce que vous en
dites. Mais l'actrice & l'a-
cteur dont vous parlez, ne
doivent pas leurs plus grands

fuccez à la maniere delicate, dont ils recitent. Leur
exterieur a déja quelque
chofe qui impofe. Leur main-
tien a quelque chofe de tou-
chant. Leur jeu, comme
vous l'avez remarqué vous
même, imite fi bien la nature, qu'ils font quelque
fois des fcenes muetes, qui
font d'un grand goût pour
tout le monde.

I'ay porté cent fois cette
reflexion plus loin que vous,
reprit Berelie. I'ay remarqué
fouvent, que la Moliere & la
Grange font voir beaucoup
de jugement dans leur recit;
Et que leur jeu continuë en-

core, lors même que leur role
est fini. Ils ne sont jamais inutiles sur le theatre. Ils joüét
presqu'aussi bien quand ils
écoutent, que lors qu'ils parlent. Leurs regards ne sont
pas dissipez. Leurs yeux ne
parcourent pas les loges. Ils
savent que leur sale est
remplie, mais ils parlent &
ils agissent, comme s'ils ne
voyoient que ceux qui ont
part à leur role & à leur
action. I ls sont propres &
magnifiques, sans rien faire paroître d'affecté. Ils se
mettent parfaitement bien.
Ils ont soin de leur parure;
autant que de se faire voir.

Ils n'y penſent plus quand
'ils ſont ſur la ſcene ; Et ſi la
Moliere retouche quelque-
fois à ſes cheveux, ſi elle
raccommode ſes noëus ou
ſes pierreries, ſes petites façons cachent une ſatyre ju-
dicieuſe & naturelle. Elle
entre par là, dans le ridicule
des femmes qu'elle veut
joüer. Mais enfin avec tous
ces avantages, elle ne plai-
roit pas tant ſi ſa voix étoit
moins touchante. Elle en
eſt ſi perſuadée elle même,
que l'on voit bien, qu'elle
prend autant de divers tons,
qu'elle a de roles differens ;
& quoy que la comedie

foit un fpectacle, j'ay toûjours crû qu'au theatre comme ailleurs, les gens delicats preferent fouvent le
plaifir d'entendre à celuy
de voir.

On feroit furpris de cette
penfée, dit Philemon, fi
on n'étoit accoûtumé à la
delicateffe de tout ce que
vous imaginez. Quoy que
ce que vous avancez n'ait
jamais befoin de nulle preuve, j'ajoûteray à vôtre reflexion, que rien ne nous
plaît tant, que ce qui eft
naturel; & que rien ne l'eft
davantage, qu'une paffion
qui fe fait voir comme elle
eft

est. La declamation, le recit, le chant, ne servent qu'à
nous peindre vivement des
sentimens, qui ne sauroient
paroître sans ce secours. Ie
ne doute nullement, que des
vers, qu'on ne metroit en
musique, qu'aprés qu'on
les auroit bien entendu reciter, n'eussent une grace &
un air naturel, qui les ren-
droient infiniment agrea-
bles.

Vous devriez en faire un
essay, continua-t'il. Vous
sçavez assez de musique ; Et
je croy, que les airs de vôtre façon seroient d'un caractere, à se distinguer avan-

Tome II.   I

tageusement de tous les autres. Ie n'ay pour cela, repondit Berelie , ny assez d'habileté ny assez d'inclination ; Mais je vous avoüe, que s'il faut estre un peu comedien , pour faire de beaux airs, ce devroit estre le mêtier des femmes.

Ie ne sçay , repartit Celinde , si elles y reussiroient toutes egalement. Mais accordez toûjours à Philemon, ce qu'il vous demande. Il vous fera de belles paroles , & vous y metrez un air , pour nous obliger. Comme il chante bien luy même, il fera des vers, pro-

pres a estre chantez. Car j'ay
toûjours crû, qu'un Poëte,
qui travaille pour un mu-
sicien, doit se connoître un
peu en musique. Il y a des
mots, qui n'y sont nulle-
ment propres , & qui ne
sauroient s'accommoder au
chant. C'est une erreur, interrompit Berelie, un bon
maître doit sçavoir faire
une note judicieuse , sur
toutes sortes de mots , &
une belle voix ne doit avoir
nulle peine à les chanter.
Mais j'avoüe pour moy, que
ce secours ne me seroit pas
inutile , & s'il arrive quelque jour que je m'ennuye,

je m'engage de vous don-
ner cette satisfaction : Mais
vous y mettez si bon ordre,
que je prevoy que cela n'ar-
rivera pas de long tems; Et
vous voulez bien , que je
n'y pense pas, pendant que
j'auray quelque chose de
mieux à faire.

Ie connoy peu de gens,
dit Philemon , qui aimans
la musique, ne quitassent
avec plaisir, pour une pareille occupation , le divertissement le plus agreable. Ie
serois bien fâchée, repondit
Berelie , de leur ressembler.
Ces gens là ont un entétement , qui va extremement

au ridicule. Ils chantent e-
ternellement. On ne les voit
jamais sans entendre un air
de l'Opera. Où qu'ils aillent,
ils entonnent toûjours quelque chose. Ils disent une
chanson, dans la conversation la plus serieuse. Et ils
vous repondent en musi-
que, lorsque vous vous at-
tendez à quelque réponse
de bon sens. Pour leur Maîtresse, ils ne l'entretiennent
que sur un ton d'Opera. Ils
n'expliquent leur tendresse,
que par quelque petite chanson. Ils trouvent toûjours
quelque couplet, qui a du
raport à ce qu'on leur dit,

& ils le chantent pour y répondre.

Ie ne vous le cache pas,
repartit Philemon , je les
reconnoy fous le portrait
que vous nous en faites. Il
leur reffemble ; & le monde eft plein de pareils ori-
ginaux. Ne vous étes vous
jamais donné la Comedie
à l'Opera , reprit Berelie?
N'avez vous jamais remar-
qué toutes lesgrimacesqu'on
y fait? Les uns marquent la
mefure, d'un tour de doit:
Les autres imitent la caden-
ce , par de petits mouve-
mens concertez. Les fem-
mes y donnent plus enco-

re, si vous voulez, que les
hommes. Elles se donnent
de certains airs, qui sont assez propres à faire rire. L'O-
pera n'est pas aussi divertis-
sant, que tout ce qu'elles y
font voir de ridicule. Elles
imitent le jeu de quelque
instrument. Un éventail
leur tient lieu de flute. Elles joüent du lut sur une
main, du clavessin sur un
bras ; Et toutes les grima-
ces qu'elles y font, font un
second spectacle, qui vaut, à
mon gré, une des meilleures
farces de Moliere.

Ie ne trouve pas mauvais,
ajoûta t'elle , qu'on aille

souvent à l'Opera, & qu'on aime la musique. Le plaisir d'entendre bien chanter n'est pas mediocre. L'oüye est le sens le plus spirituel de tous. Il n'a presque point de raport à la matiere. On n'examine pas, si le ton de la voix & le son des instrumens, ne sont qu'un air agité, qui vient faire une douce impression dans nos oreilles. On s'abandonne à la satisfaction que l'on en ressent, sans se mettre en peine d'en rechercher la cause.

Il est vray, dit Philemon, que de la maniere que nous imaginons, que les esprits

peuvent agir sur nous; Le
bruit semble tenir un peu
de leur nature : Et si vous y
prenez garde, l'ouye impo-
se plus à nôtre raison, que
les autres sens. Tout le monde connoît les effets de l'é-
loquence. Personne n'igno-
re, ce que peuvent dans une
Armée les trompetes, les
tambours, & les tymbales;
Et quand on examinera dans
le détail les effets du bruit,
on sera un peu moins sur-
pris, que la musique ait tant
de vogue dans ce siecle; Que
tant de gens raisonnables
en fassent cas ; Et que ceux
qui ne le sont guere, en

soient entétez jusqu'à sacrifier tout à ce plaisir.

Ils furent interrompus, par l'arrivée d'un Courier, qui leur aportoit des nouvelles assez agreables. Il venoit d'arriver une petite fortune à Philemon. Ses amis avoient obtenu, pour luy à la Cour, une assez belle charge. Celinde & Berelie n'étoient pas insensibles à ses avantages. Elles changerent de conversation, & elles parlerent du plaisir que donnent les bonnes nouvelles, & de la part qu'elles prenoient au bonheur de Philemon.

LE JEU.

VII. ENTRETIEN.

Elinde se trouva un jour accablée de visites. Trois ou quatre femmes de qualité sembloient s'estre données le mot, pour la venir voir en même temps. Elle les vit, dans sa maison, lors qu'elle y pensoit le moins. Il n'étoit pas aisé de la surprendre ; Et elle ne fût occupée, que de la pensée de les bien divertir, sans em-

barrasser Philemon & Be-
relie.

Aprés les premieres civi-
litez, on prit le party de la
promenade. On trouva le
jour si beau, qu'on n'aten-
dit pas l'heure ordinaire. Ils
firent tous ensemble quelques tours de jardin, & le
hazard ou l'adresse de Celinde, les conduisit insensi-
blement dans le petit bois,
où ils trouverent une col-
lation magnifique, dans un
grand cabinet de verdure,
où ils furent attirés, par une
symphonie fort belle. Celinde à, pour ces sortes de choses, un talent, qui n'est pas
commun. Les Provinciales

en furent enchantées. Berelie
en parut contente, & Phi-
lemon n'en fût guere moins
satisfait.

Le tems étoit si doux &
si agreable, que l'on resolut
de ne rentrer dans le Cha-
teau, que le plus tard qu'on
pourroit. On proposa de
joüer ; Et on se fit donner
des cartes d'ombre & de
bassete. Le jeu les dispen-
sa de la contrainte des complimens, dont la conversation des Dames de Provin-
ce est toûjours remplie ; Et
il donna occasion au pre-
mier Entretien que Celin-
de, Berelie & Philemon eu-
rent ensemble.

Avoüez , Madame , dit
Philemon à Celinde , dés
que ces Dames furent par-
ties , avoüez que le jeu vous
a été aujourd'huy d'un
grand secours. Vous avez
de l'obligation à la bassete,
& vous devriez estre bien
fâchée, qu'elle fût defenduë
à la campagne , comme on
dit qu'elle le sera bientôt à
Paris. Vous étes un ingrat,
repondit Celinde. Vous voulez me charger d'une re-
connoissance, que vous devez partager Berelie & vous.
Ie n'aime pas le jeu, & vous
l'aimez. Ie n'ay demandé
des cartes, que pour donner

à mes voisines un divertissement, qui vous fût com-
mun avec elles. Vous ne
vous seriez pas trop accom-
modez de leur conversation.
Vous auriez été fatiguez de
tout ce qui auroit pû leur
faire plaisir ; Et je n'ay trouvé que le jeu seul , qui pût
estre également de leur
goût & du vôtre.

Vous n'en reviendrez
donc jamais, repartit Berelie. Vous haïrez toûjours le
jeu , & vous ne verrez de
vos jours des cartes ny des
joüeurs , que par complai-
sance. Ie n'aime pas le jeu
assurement, repliqua Celin-

de. Ie ne me sens nulle-
ment disposée à m'en faire
un plaisir. Ie ne le trouve
ny commode ny agreable.
Il me fatigue. Il m'ennuye;
Et si je joüe quelque fois,
c'est que je me plais, avec
les personnes, avec qui je
joüe.

Nous sommes vous &
moy d'une humeur bien
differente, reprit Berelie.
l'aime le jeu. Et je ne saurois le souffrira, vec des gens,
qui me paroissent de bonne
compagnie.

l'aimerois mieux m'occu-
per avec eux, à toute autre
chose. Le jeu ne me semble
bien

bien agreable , qu'avec des
gens qui ne font bons qu'à
cela. Vous m'avez propofé
de joüer plus d'une fois, je
vous en ay fceu mauvais
gré ; Et je fens bien que je
ne toucheray de cartes chez
vous , que lorfque vous aurez des vifites, comme celles
d'aujourd'huy.

Ie ne regarde le jeu, continua t'elle , que comme un
pis aller. Ie ne l'aime que
comme un remede à l'en-
nuy. Et par mon choix , je
ne joüeray jamais , lorfque
j'auray quelque chofe de
mieux à faire. Ie ne fuis pas
de même , dit Philemon.

Tome II.　　　　K.

J'ay un veritable penchant pour le jeu. Ie l'aime d'inclination, & je ne vois au monde que l'amour, qui pût me le faire quiter pour m'atacher à autre chofe.

Ce fentiment n'eft pas trop particulier, répondit Berelie. Il eft commun à tous les joüeurs honnétes gens, & de bon goût. Il n'y en a pas un, qui ne quitte le jeu pour l'amour. Nous voyons tous les jours que du moment que l'on aime bien, on ne joüe guere; Et fi je ne craignois de faire une malice à Celinde, je la ferois fouvenir qu'elle n'a

pas toûjours haï les cartes.
I'ay vû qu'elle les aimoit ;
Et quoy qu'elle ait joüé avec
quelque malheur , elle n'y
a pas fait d'affez groffes per-
tes, pour s'en eftre detachée,
par une raifon d'épargne.

Ie fuis acoûtumée à vos
malices, repondit Celinde ;
Et je ferois des efforts inutiles, pour me mettre à couvert de vos petites allufions.
Comme je fuis bien affu-
rée , que vous me rendez
juftice dans vôtre cœur , je
ne m'avife pas d'y repon-
dre. I'avoüe, que je n'ay pas
toûjours fuy le jeu : Mais
ne l'ay jamais trop cherché.

Ie m'y étois d'abord ata-
chée, par compagnie & par
bienfeance. Ie m'en étois
fait une habitude dans la
fuite ; Et je n'ay pas été
plûtôt eloignée d'une fo-
cieté, où je me trouvois en-
gagée, que i'y ay renoncé,
fans me faire nulle vio-
lence.

Si je me trouvois en pa-
reille occafion, je joüerois
encore. Lorfque d'honné-
tes gens, avec qui je me
trouve liée de quelque amitié, me content d'une partie, je ne la romps jamais.
Ie fuis douce & complai-
fante ; Et fans me vanter,

je ne suis pas aussi volon-
taire que vous. Faites en un
essay si vous voulez. Faites
moy connoître, que vous
aimez à joüer avec moy;
Vous me verrez plus atta-
chée au jeu, que je ne l'ay
été de ma vie.

Vous pourriez vous y at-
tacher, sans vous y plaire,
repliqua Berelie. On n'est
jamais bien touché, de ce
qu'on ne fait que par com-
plaisance, & on ne joüe
jamais bien, à moins que
l'on ne joüe, parce que l'on
veut joüer. Ie n'aime la negligence en rien ; mais elle
me paroît plus insuporta-

ble au jeu qu'en toute autre chofe.

Il y a du ridicule, ce me
femble, de choifir un di-
vertiffement pour s'ennu-
yer. Comme ce n'eft pas
une obligation de joüer, il
faut s'en difpenfer, dés qu'on
ne croit pas s'y plaire ; ou
quitter du moins le jeu dés
qu'on ne s'y plaît pas. Quand
on n'auroit pas ces égards,
pour foy même ; Il faut les
avoir, pour ceux avec qui
on joüe. C'eft les incom-
moder, c'eft leur nuire, c'eft
les fâcher, que de les o-
bliger à eftre refponfables, des
fautes qui fuivent cette né-

gligence. On les embarraſ-
ſe, par les queſtions qu'on
leur fait , pour eſtre infor-
mé d'une ſuite, ou de quelque circonſtance du jeu.
Chacun y eſt pour ſoy , &
c'eſt eſtre à charge aux autres, que de les diſtraire, de
l'application qu'ils doivent
avoir à ce qui les regarde,
pour les faire penſer, à ce
qui ne les regarde pas.

Comme j'ay toûjours crû,
pourſuivit elle , qu'on eſt,
en quelque façon, un peu
plus obligé de payer l'argent du jeu , que celuy
qu'on nous preſte : Parce
qu'on ſuppoſe, que l'on ne

joüe jamais qu'un argent
inutile , & que l'on em-
prunte, pour l'ordinaire, par
une necessité dont on n'est
pas le maître ; Ie croy aussi,
que l'on doit employer le
tems au jeu , plus agrea-
blement qu'à des affaires
même importantes : Parce
que l'on ne joüe que par
choix , & que l'on suppose,
que l'on ne prend pour
joüer , qu'un tems qu'on
n'a nul besoin d'employer
ailleurs. Tout ce qui de-
pend uniquement de nous,
& ou nôtre propre choix
nous engage , suppose un
grand usage de nôtre liberté ;

té; & cette liberté doit paroître par une raison qui se suive, qui se soutienne & qui écarte tout ce qui s'appelle contrainte & embarras.

Si vous cherchez cette raison au jeu, dit Philemon, je connoy peu de joüeurs, qui puissent pretendre de joüer avec vous. Ceux qui en ont le plus ailleurs, sont assez souvent ceux qui en conservent le moins quand ils joüent. Les plus raisonnables le paroissent si peu, quand ils ont des cartes à la main, qu'à moins que d'estre bien persuadé, que le jeu est une manie, qui trouble quelquefois l'esprit, on en seroit surpris d'une maniere à n'en pouvoir revenir.

Ie vous trouve bon avec vôtre manie, repondit Berelie. Croyez vous les excuser par là ? y a t'il rien qui puisse dispenser les gens qui ont de la raison, de paroître raisonnables? C'est une injustice en moy, si vous voulez, mais je ne saurois croire, que ceux qui sont capables de quelque emportement au jeu, puissent avoir le cœur grand & l'ame élevée. Rien ne marque, à mon fens, fi peu de jugement & fi peu de rai-fon.

Peut-on s'abandonner aux loix du hazard, fans de-meurer toûjours dans cette incertitude qui l'accompa-gne ; Et ne voudriez vous pas que j'euffe bonne opi-nion de la prudence d'un homme, qui conteroit fu-rement, fur la chofe du monde la plus incertaine. Quoy ? parce que l'on choi-fit par un caprice, que les joüeurs appellent quelque-fois notion, parce qu'on choifit une carte plûtôt qu'une autre, on a droit de s'emporter lorsqu'on la perd, quoy qu'on euſt gagné celle qu'on a quitée?

Ie n'approuve pas les emportemens, repartit Celinde, mais s'il eſt permis de ſe rejoüir d'un choix qui nous eſt avantageux, il n'eſt pas defendu de s'affliger de celuy qui nous devient contraire. L'un n'eſt pas plus permis au jeu que l'autre, repliqua Berelie. Une perſonne ſage ne ſauroit jamais rien conclurre d'un choix, qui ne ſuppoſe nul principe de raiſon. Ie ne condamne pas moins, les ſatisfactions emportées qui ſui-

vent le gain , que les chagrins indiſcrets qui accom-
pagnent la perte. Tout
part d'une même cauſe ; Et
à y regarder même un peu
de prez ; On excuſeroit plûtôt le chagrin de celuy qui
perd , que la joye de celuy
qui gagne.

Il eſt vray , dit Philemon,
qu'au jeu, comme par tout
ailleurs , le malheur donne
de la compaſſion, & la proſ-
perité de l'envie. Ce que
vous dites eſt vray le plus
ſouvent, repondit Berelie ;
mais ce n'eſt pas encore là
ce que je veux dire.

Voicy ma penſée. Le cha-
L iij

grin dans la perte, eſt plus
pardonnable , que la joye
dans le gain ; parce qu'il
eſt plus naturel d'eſtre fâché d'un petit mal , que
d'eſtre ravi d'un bien mediocre. Nôtre Amour pro-
pre diminuë toûjours le
merite d'un bien, que nous
goûtons déja ; par l'eſpoir
d'un plus grand, qu'il nous
propoſe. Mais ce même A-
mour propre nous fait toûjours voir nos maux, plus
grands qu'ils ne ſont. Il les
augmente, par la comparai-
ſon de tout ce qu'il offre à
nos deſirs. Si vous y prenez
garde, nos biens nous pa-

roiſſent toûjours trop petits , & nos maux ne nous
le ſemblent jamais aſſez.

Mais à parler ſainement,
continua t'elle ; cet Amour
propre ne ſçauroit avoir ce
droit ſur les ames un peu
élevées. Les grands cœurs
ſont au deſſus de ces foi-
bleſſes. Ils prennent les biens
& les maux comme ils ſont.
Ils ne les font ny plus
grands ny plus petits ; Et à
le prendre ſur ce pied, vous
verrez qu'il arrive rarement,
qu'on ait ſujet au jeu, do
s'abandonner ny au chagrin
ny à la joye. Ceux qui
pourroient en avoir de

L iiij

grandes raiſons, ne ſeroient gueres raiſonnables. Il faudroit perdre ou gaigner beaucoup ; Et je ne ſçay, ſi on peut faire un jugement avantageux, des gens qui joüent ſi gros jeu.

Vous voudriez donc, dit Celinde, qu'on joüât avec une indolence, qui fît regarder la perte comme le gain, & le gain comme la perte. N'eſt il pas naturel de ſe rejoüir de ce qui nous eſt avantageux ? Et d'eſtre touché de ce qui nous eſt contraire?

Vous en jugerez comme il vous plaira, repondit Be-

relie, tout ce qui eſt naturel, n'eſt pas toûjours rai-
ſonnable. Ie veux bien, que
l'on ſoit attaché au jeu, dés
que l'on s'y engage. Ie veux
même, que l'on en ſoit oc-
cupé, pourvû qu'on le ſoit
agreablement. Ie ne de-
mande pas auſſi, que l'on
ſoit fâché de gagner, &
que l'on ſoit ravi de perdre,
mais un peu d'indolence
ſur ce point ne ſied pas
mal. Ie ſçay bon gré à ceux
qui regardent d'une humeur
égalle, les caprices du hazard, & qui ny paroiſſent
pas ſenſibles Ie n'oublieray
jamais les jugemens que

nous fîmes un de mes amis
& moy, fur les petits chagrins, & les petites joyes,
qu'une femme de quelque
rang laiffoit échaper au jeu.
Nous commençâmes à la
méprifer par là, lorfque
tout le monde l'eftimoit encore. Toute la Cour étoit
fa duppe depuis long-tems.
J'en étois furprife; Et j'étois
bien affurée, que tôt ou tart,
on reviendroit de l'eftime
qu'on avoit pour un faux
merite. Sa difgrace n'a que
trop juftifié mes reflexions;
Et cela m'a bien confirmée
dans la penfée, que lorf-
qu'on ne peut fe moderer

au jeu , on ne fçait guere
fe conduire dans tout le
refte.

Cette maxime va trop
loin , repartit Celinde. On
traite le jeu de bagatelle ; Et
on fe laiffe aller à des ne-
gligences,que l'on ne fe par-
donneroit pas dans quelque
chofe de plus ferieux. Vous
me furprenez, repliqua Berelie. Eft ce que vous ne
croyez pas, qu'on eft obligé à plus d'exactitude, dans
les bagatelles que dans les
chofes de confequence ?
Vous étes trop éclairée,pour
n'avoir pas remarqué,que l'ó
n'eft prefque point loüable,

de s'attacher à de certains
devoirs. Les grandes obli-
gations attachent d'elles
mêmes ; elles ne laiſſent pas
la liberté de les negliger. Elles roulent ſur des avantages, où l'on ſe porte mê-
me ſans reflexion ; Et la
gloire du ſuccez diminuë de
beaucoup le merite de l'exactitude. Elle eſt moins dans
celuy qui la pratique, que
dans le motif qui luy en
fait rechercher la fin. Mais
le ſoin qui paroît dans des
bagatelles, ne peut eſtre ra-
porté qu'à la perſoñe. L'empreſſement que l'on y re-
marque, n'eſt qu'un effet

d'une belle ame & d'un bon
cœur. Ie ne fçay, fi tout le
monde en juge de même.
Pour moy je trouve, qu'il y
a bien plus de generofité,
de s'empreffer de faire plaifir aux gens en des chofes
de rien , que de leur rendre
des fervices importans. Il
eft fi naturel de vouloir fe
faire des creatures , & fi
doux d'obliger quelqu'un,
qu'on feroit fâché d'en negliger les grandes occafions.
Mais à proprement parler
on ne regarde en cela que
foy même ; Et je ne fçay fi
on doit fçavoir bon gré aux
gens , de ce qu'ils ne font

que pour l'amour deux.
Croyez moy continua-t'el-
le, il y a bien du definte-
reſſement , dans les petits
ſoins , que l'on prend pour
ſes amis, Et bien de la bonne foy, dans l'exactitude que
l'on fait voir en des ba-
gatelles. Cette regle me paroît ſi bonne , que je m'en
ſers en toutes choſes ; & ſi
je voulois eſtre aimée , &
que je puſſe y reuſſir , un
Amant s'apperçevroit bientôt , que je preferois des
riens, à des choſes de con-
ſequence.

Il y a bien du ſolide, dit
Philemon, dans tout ce que

vous penſez. Ce que vous venez de remarquer eſt fondé dans la raiſon & dans la nature. Souvent les choſes neceſſaires nous plaiſent moins, que les inutiles. Ce n'eſt pour l'ordinaire que le ſuperflu qui nous rend heureux, Et je veux croire avec vous, qu'en Morale comme au reſte, la perfection n'eſt pas ſeulement attachée à la pratique des grandes Vertus.

C'eſt ma penſée, reprit Berelie, & c'eſt une erreur, que le jeu puiſſe permettre des lincences, que rien ne peut authoriſer. I'y reviens encore. Qui s'emporte au jeu, ne se possede guere, quand il ne joüe pas. Qui triche aux cartes, trompe ailleurs. Et qui se laisse aller au chagrin de perdre en jouant, n'aura jamais la force de resister à de legeres disgraces. Nous sommes toûjours nous mêmes. Nous avons beau nous contraindre & nous déguiser. Nous nous ressemblons par tout, & nous nous retrouvons dans un tems, ce que nous sommes dans un autre.

Encore une fois, repartit Celinde, c'est un peu trop de severité. Selon vos maxi-

maximes, il faudroit se pic-
quer d'une bonne foy plus
qu'ordinaire, avec des gens
même, qui n'en ont point
du tout; Et vous voudriez,
je croy, nous obliger de ne
penser qu'aux avantages, de
ceux qui ne cherchent qu'à
nous tromper. Car enfin
parmy d'honnétes gens mê-
me, & c'est ce qui me surprend, les Academies sont
pleines de ces honnétes vo-
leurs, qui se font une morale à leur mode; Et qui tâ-
chent de se persuader, qu'il
y a des cas particuliers, où
il est permis de prendre le
bien d'autruy.

Tome II. **M**

Entendons nous, s'il vous plaît, repliqua Berelie. Ie pretends bien, qu'il n'eſt jamais permis de manquer de bonne foy, mais je n'entends pas qu'on ſoit obligé de la pratiquer égallement avec toute ſorte de perſonnes. Il n'eſt jamais permis de tromper, parce qu'on nous trompe, mais il n'eſt pas defendu de negliger l'avantage, de ceux qui ne cherchent pas le nôtre. Ce n'eſt pas une obligation au jeu, d'avertir qu'on oublie une carte. Le ſilence y eſt permis, lorſqu'on ne nous demande rien ; Et j'y pardonne même de certaines indolences, qui me paroî-troient des crimes par tout ailleurs.

Vous parlez de toutes chofes d'une maniere fi de-licate, dit Celinde ; Et vous nous inftruifez fi utilement, que je m'attends bien, que vous nous aprendrez ce qu'il faut qu'on evite au jeu , & ce qu'il faut qu'on y prati-que. Malicieufe comme vous la connoiffez, luy re-pondit Philemon , fi vous vous en remettez à elle, vous ne joüierez de vôtre vie ; Et elle vous donnera du jeu, une idée qui fuffira

pour vous le faire haïr. Elle
regarde le jeu comme l'a-
mour ; Et pour peu qu'on
l'en veüille croire , on ne
cherchera guere ny l'un ny
l'autre. Ne faites plus de
comparaisons, si vous m'en
croyez , repartit Berelie en
souriant , vous n'y êtes pas
heureux, vous sçavez qu'elles ne vous reussissent pas.
Pourquoy voulez vous ju-
ger de mes pensées par
les vôtres. Elles se ressem-
blent si peu, que je vous
conseille de parler de moy,
le moins que vous pourrez.
Apprenez donc s'il vous
plaît, que je ne hay pas le

jeu autant que vous le pourriez croire. Ie le regar-de, comme la meilleure éco-le du monde, pour se con-noître soy même, & pour juger surement des autres. Chacun y fait le portrait de son humeur. Et on y voit des copies si naturelles, que ce seul endroit me le feroit aimer, & m'obligeroit du moins à me plaire avec ceux qui joüent.

Ne seroit ce point par une raison pareille, ajoûta Celinde, que Caliste nous a dit tant de fois, qu'elle n'epouseroit jamais, qu'un homme qu'elle auroit vû

joüer souvent; Et à qui elle auroit vû faire de grands
gains , & de grosses per-
tes. N'en doutez pas , repondit Berelie. Il importe
de connoître l'humeur , de
ceux à qui on doit s'attacher pour la vie; Et c'est la
conjoncture du monde la
plus sure, pour connoître le
fond & l'interieur des gens.
Ie conseillerois cette pratique à tout le monde. Les
femmes seroient moins
prevenues pour leurs A-
mans, si elles connoissoient
leur cœur & leur esprit; Et
les hommes tiendroient un
peu moins à leurs maitresses,

s'ils voyoient à decouvert leurs chagrins & leurs boûtades.

Si c'étoit un remede à l'amour, il feroit aifé de s'en guerir, dit Celinde. Tout le monde joue, & il y a peu d'Amans, qui par cette regle ne fe connoiffent les uns les autres. Il y a peu d'Amans auffi, repondit Berelie, qui ne s'aiment un peu moins qu'ils ne s'aimeroient, s'ils n'avoient jamais joué enfemble. Leur complaifance mutuelle, ne l'emporte pas toûjours fur leur mauvaife humeur. L'amour propre

& l'intereſt le gagnent ſouvent ſur leur tendreſſe , &
je connoy des gens , qui
m'ont avoüé, que le jeu les
avoit gueris d'une paſſion
trop mal fondée.

Les femmes ne ſont donc
gueres politiques , repartit
Celinde. Elles le ſont moins
qu'on ne le ſçauroit croire,
repliqua Berelie. L'empreſ-
ſèment de joüer, ne s'accor-
de pas avec le deſir deplai-
re ; Et j'ay toûjours crû, que
ſi l'on joüe preſentement
plus que l'on n'a jamais
joué, c'eſt que l'on n'a jamais aimé moins que l'on
aime.

Le

Le jeu étoit autrefois un peu moins à la mode, parce que l'ó preferoit le plaisir de s'entretenir à celuy de joüer. Les Amans fuyoient le jeu, parce que leurs conversations avoient pour eux, des charmes un peu plus sensibles. On joüe à present parce que l'on n'a rien à se dire. On se trouve embarrassé dans les plus belles compagnies. La conversation y tombe. On y languit. On s'y ennuye; Et ceux qui peuvent y parler avec esprit, en trouvent si peu dans ce qu'on leur répond, qu'on est toûjours obligé d'avoir

Tome II.   N

recours aux cartes, comme
à la seule resource des so-
cietez agreables.

Ie veux bien croire, dit
Celinde, qu'on joüeroit un
peu moins, si on aimoit
davantage. Ie conviens que
le peu de tendresse a mis le
jeu à la mode ; Mais la pa-
resse des beaux esprits, n'y
a-t'elle pas autant contribué, que la froideur des
Amans ? On voyoit autre-
fois de beaux ouvrages. On
les lisoit avec attention, &
on en parloit avec plaisir
dans les ruelles. On couroit
en foule aux Comedies. On
alloit voir de belles pieces,

jusques dans le fond du ma-
rests. On faisoit une maniere de voyage, pour en voir
une qui en valloit la peine.
Mais que voulez vous qu'on
aille voir presentement. *La*
Comedie n'est plus un diver-
tissement que chez le Baron
de la Crasse. Les gens de
bon goût n'y trouvent plus
leur conte. Apollon est
devenu l'esclave de Baccus;
Et Thalie & Melpomene ne
sont plus que les servantes
des Bacchanales.

Ie vous sçay bon gré, re-
pondit Berelie, de la re-
marque que vous venez de
faire. Il n'y a point de dou-

te, que le jeu ne doive en partie son établissement au defaut des bons ouvrages. On n'a plus rien à faire. Les gens du monde n'ont plus de quoy s'occuper agreablement; Et cette nouveauté, qui est si fort de nôtre goût, a eu dans l'ombre & dans la bassete, le même pouvoir qu'elle avoit autrefois dans les ouvrages d'esprit.

Vous portez vôtre injustice trop loin l'une & l'autre, repartit Philemon. J'avoüe que le theatre est tombé, & qu'il l'est peut estre sans resource, si on ne remedie

à des abus , qu'on laiſſe
trop authoriſer. Mais n'a-
vons nous pas mille autres
petits ouvrages , qui ſont
aſſez dignes de nôtre cu-
rioſité? Ne nous donne- t'on
pas tous les jours des nouvelles?... Arreſtez la de grace , interrompit Berelie, &
n'allez pas authoriſer vous
même un abus auſſi grand,
que celuy qui regarde le
theatre ; Ne me parlez ia-
mais d'un ouvrage , qu'on
ne ſauroit lire qu'une fois ;
& vous ſçavez, que peu de
gens s'aviſent de relire ces
petites nouvelles. Ie ne blâ-
me pas ceux qui les font,

N iij

mais je condamne ceux qui en ont établi l'usage. Ie n'ay jamais pû souffrir, que l'on atachât à des noms connus des idées chimeriques, & que l'on fît faire à des gens de nôtre connoissance , des choses , que nous sçavons qu'ils n'ont pas faites. Ie souffre encore moins, qu'on donne des fables pour des veritez , & qu'on ne fasse nulle difference des pures chimeres, d'avec les histoires veritables. Avoüez que cela n'est guere dans l'ordre, & le goût du siecle est si bon , que l'on commence de revenir d'une erreur, que

la seule nouveauté avoit
pû introduire. On vient de
nous donner une nouvelle,
qui est d'un genre bien different des autres ; Et je suis
fort trompée, ou ce genre
d'écrire sera suivi. C'est un
ouvrage solide , qui a cependant cette politesse , &
cet air aisé & delicat, qui
nous à rendu les petites
nouvelles si agreables.

Ie voy bien , repliqua Philemon , que vous parlez
d'Adelaïde de Champagne.
I'en ay fait le jugement que
vous en faites ; Et je vous
demande , d'où vient qu'il
y a des gens , qui se dé-

chainent déja contre un
livre qui devroit servir de
modelle à d'autres. Vous
m'épargnez le soin de vous
répondre, dit Berelie. Vous
en dites la raison vous même. Ce genre d'écrire n'est
pas aisé à imiter, & peu de
gens sçavent assez bien trai-
ter l'histoire, pour entre-
prendre de pareils ouvra-
ges.

Ceux qui ne sauroient
joindre la politesse, & la
solidité; Et qui ne sauroient
rendre utile, ce qu'ils font
d'agreable, ont assurement
quelque interest de decrier
Adelaïde de Champagne.

Mais il y aura cette difference de cette nouvelle à la
plûpart de celles qui font
le mieux receües, qu'on li-
ra encore celle-cy avec plaifir, lorfqu'on ne penfera plus
aux autres. Quelque beau
que foit un livre, dit Philemon, avez vous affez bon-
ne opinion des joüeurs de
profeffion, pour les croire
capables d'en juger? De la
maniere qu'on les a toû-
jours depeints, leur con-
noiffance eft fort limitée.
Un Poëte a dit avec quel-
que verité.

Ces tenants du bureau qui n'ont pour toute af-
faire
Qu'à fuivre les hazards du jeu fur une chaire.

Savans à diſtinguer , flus , ſequence, fredon,
Ont à peine compris de quel genre eſt leur
    nom ,
Docteurs ſur le tapis , ailleurs mulets de ſomme,
Ils n'ont que l'apparence & le dehors de
    l'homme ,
Et reſervé l'habit ; la plume & le Colet
N'ont rien qui leur puiſſe être envié d'un
    Valet.

Ie ne veux pas ajoûter
ce qui ſuit , continua-t'elle. Il faut les épargner en
faveur de quelques uns de
nôtre connoiſſance.

Vous n'en dites que trop,
repartit Celinde, nous con-
noiſſons des gens qui ai-
ment le jeu, & qui ne man-
quent pas d'eſprit. Vous
ſçavez qu'un des plus grands
joüeurs de la Cour, eſt un
des plus beaux eſprits du

Royaume. On ne cherche
pas celuy dont vous parlez,
repliqua Berelie. On vous
entend sans peine ; Et tout
le monde est la dessus de
vôtre avis. Personne ne doute de son merite. Il est re-
connu, & on l'a authorisé
depuis peu par un choix,
qui suppose de fort gran-
des qualitez. On peut le
prendre pour modelle ; Et
au jeu comme au reste, on
ne sera jamais blâmé, quand
on ne fera que ce qu'il fait.
On se trouveroit fort bien,
de l'imiter au jeu, dit Celinde, il y est heureux, &
il y fait des gains conside-

rables. Appellez vous bonheur une conduite sage, &
une raison éclairée, repondit Berelie ? Donnez vous
dans la chimere des joüeurs,
qui admettent dans les cartes de certaines fatalitez, &
dans les astres des alcen-
dans, que les gens de bon
sens ne connoissent pas. Ce
font d'étranges foiblesses,&
j'ay trop bonne opinion de
vous, pour vous en croire
capable. Ces mots de mal-
heur & de fatalité ne se-
roient guere d'usage parmy
les joüeurs, s'ils se souve-
noient qu'à la pluspart des
jeux, la conduite l'emporte

sur cette fatalité pretenduë;
Et que l'adreffe n'y a guere
moins de part, que le ha-
zard. Tout le monde le fçait,
& perfonne ne s'en avife,
repartit Celinde. Les gens
judicieux n'y penfent pas
plus que ceux qui ne
le font point du tout; Et
c'eft ce qui me paffe. Ie
crois en fçavoir la raifon,
reprit Berelie.

On ne joüe d'ordinaire,
que pour gagner, & on ne
prevoit pas que l'on perd
plus fouvent, que l'on ne
gagne. Les petits chagrins
où l'on s'abandonne, fup-
pofent une furprife, qui ne

peut venir que d'un defaut
de reflexion. On n'est jamais surpris des choses aux
quelles on s'attend.   Pour
moy, je ne me fais pas un
merite de ma moderation.
Ie regarde le jeu comme un
honnête divertissement; Et
j'y destine toûjours une petite somme, proportionnée
au plaisir, que je crois en
recevoir. Ie ne saurois re-
greter les quatre louis, que
je donne pour une loge,
quand je vais à l'Opera; Et
je ne regarde pas autrement
l'argent que je mets sur une
carte. Ie le croy perdu, quand
je l'expose ; Et l'espoir de

le retirer avec quelque pro-
fit , ne produit en moy
qu'une curiosité , qui me
sert d'un amuzement agreable. Ie veux enfin , que le
jeu ne soit pour moy qu'un
jeu. Ie ne m'en fais jamais
une affaire. Ie m'y occupe
sans en estre occupée ; Et je
comprends qu'il y auroit
bien du plaisir de joüer , si
on vouloit m'en croire. Mais
pour finir par une reflexion
judicieuse , qu'on a faite il
y a long-tems.

On doit sur tout regler les sommes que l'on
    joüe
Et ne pas exposer sur le cours d'une roüe,
Qui se tourne aussi vitte à la perte qu'au
    gain
Le fonds de l'avenir, l'espoir du lendemain

Qu'insensé Doralis est celuy qui luy fie
Le soin de sa fortune & celuy de sa vie,
Et se fait pour aller pauvre dans le cercueüil,
D'un tapis une mer d'une carte un écueüil.

La conversation tourna sur quelques femmes de leur connoissance qui a-voient joué jusqu'à leur ju-pe, & ils continuerent un assez long Entretien sur un sujet, qui ne leur parois-soit nullement sterile.

LES LOUANGES.

VIII. ENTRETIEN.

O N venoit de faire une pêche assez divertissante. Une double allée de charmes, qui donne sur le bord de la riviere , invita Berelie & Philemon, d'entrer dans un labyrinthe , qui à quelque raport à l'Etoile de Versailles. Il est embelli d'un grand nombre de fontaines. Mille petits ruisseaux le coupent

Tome II.   O

agreablement de tous cô-
tez ; Et l'eau & les pallisa-
des en rendent la sortie assez difficile , pour peu qu'on
s'y engage, sans reflexion.
Les berceaux y sont pratiquez si heureusement , dans
toutes les routes, qu'il semble que les arbres ayent pris
plaisir d'entrelacer leurs
branches , pour s'opposer
aux rayons du soleil , &
pour leur en defendre l'en-
trée.

C'est la , que Philemon
fit part à Berelie , d'un panegyrique , qu'un des plus
beaux esprits de l'Academie
avoit fait pour le Roy. Elle

le trouva juste, fin, naturel & delicat. Ie ne suis pas
surprise, luy dit elle, de cette politesse qui y regne par
tout. I'y ay regardé même
tout ce qu'on y dit à l'a-
vantage d'un si grand He-
ros avec aussi peu d'emo-
tion, que si je m'y étois
atenduë. Mais j'admire la
maniere aisée & naturelle
dont tous les éloges y sont
amenez. C'est à mon sens
ce qu'il y a de plus difficile
dans cet art. Il est aisé de
donner des loüanges à un
grand homme, mais il est
assez malaisé de les bien appliquer. Ie pardonne aux

Amans , l'empressement qu'ils ont de loüer sans raison leur maîtresse ; Et j'aime dans tous les bons sujets , le zele qui leur fait publier le merite de leur Prince , & qui leur donne toûjours une occasion de le loüer. Mais je ne suis pas à beaucoup prés si indulgente, pour les panegyriques que font les beaux esprits. Ils loüent avec étude & avec reflexion ; Et je ne voy rien qui puisse excuser les fautes, qu'ils font dans des éloges , qui sont pour l'ordinaire si mal placez.

Vous pouvez étendre cette
severité sans injustice, dit
Philemon. Les Amans &
les bons sujets ne meritent
pas plus d'indulgence, que
les beaux esprits. Il est si
aisé de loüer une belle femme, & un grand homme,
que c'est toûjours une faute grossiere, de les loüer
hors de propos. Comment
l'entendez vous, interrompit Berelie. I'entends, dit
Philemon, qu'il n'est rien
dans la vie, dont on ne
puisse tirer occasion, de
loüer ce que l'on estime &
ce que l'on aime. Il faut, dit
Berelie, que vous ayez pour

cela un secret connu de peu
de gens. Mais pour en faire une epreuve ; vous en-
tendez les cris lugubres
d'un Paon. Nous l'admirons
assez souvent, lors qu'il fait
sa roüe. Vous vous meslez
de faire quelque fois des
vers. Ie vous demande, tout
à l'heure, de tirer de la une
occasion de loüer à propos
vôtre Philis & vôtre Prince.
I'ay vû plus d'une fois des
éloges, qui n'avoient pas
plus de fondement ; Et,
quoy qu'ils fussent justes &
veritables, on les tiroit d'un
sujet si eloigné, que celuy
que je vous propose ne l'est
pas davantage.

Vous aviez raison, cependant, repondit Philemon, de vous gendarmer contre des éloges, que vous trouviez tirez de trop loin. Cette faute n'est pas pardonnable ; Et à mon égard, vous étes moins malicieuse que vous ne croyez l'estre. Ie me tireray d'affaire sans embarras ; Et quelque peine que j'aye à vous quiter , je vay m'ecarter pour un moment. Ie voy revenir Celinde. Ie vous laisse avec elle. Ie reviens dans peu; Et vous jugerez bientôt, qu'il n'y a rien de difficile à un Amant pour sa maîtresse, ny à un sujet pour son souverain. Philemon s'écarta dans une des routes du petit bois ; Et Berelie rendit conte à Celinde , de ce qui venoit de se passer. Philemon a raison , luy dit Celinde. Ie suis de son avis, & je croy , comme luy , qu'il n'est rien de si aisé , que de donner à propos des loüanges à ce que l'on aime.

Est ce par cette regle, luy dit malicieusement Berelie, que vous prenez tant de plaisir à le loüer. Vous raisonnerez comme il vous plaira , repondit Celinde; Mais je vous avoüe , que
les

les loüanges que je luy
donne, ne me coûtent gue-
re. Ie porte même cet aveu
plus loin. Pour le loüer en
un mot, plus que je ne vous
l'ay jamais loüé , je l'aime.
Et pour achever son éloge,
je crains, que vous ne l'aimiez. Que me dites vous ,
s'écria Berelie , qui l'aimoit
en effet, quelque semblant
qu'elle fît de n'avoir jamais
connu l'Amour. Ie vous
dy bien des choses à la fois,
repartit Celinde ; je donne
des éloges sinceres à Philemon ; je m'expose par là à
ne pas meriter les vôtres ;
Et ma crainte trop bien

Tome II.　　　　P

fondée doit rendre cet aveu de quelque merite auprés de vous. Elle justifie du moins, le mystere que je vous en ay fait ; Et si vous n'avez pas la force de vous loüer de moy, vous n'aurez pas l'injustice de vous en plaindre.

Ce qui me surprend en cecy, dit Berelie, qui n'étoit pas encore bien revenuë, ce qui me surprend, dit elle, c'est que vous badinez d'un air serieux. Et ce qui m'allarme, repliqua Celinde, c'est que pour vous en defendre serieusement, vous affectez un air

badin. Berelie fût mille fois
tentée de payer cet aveu
d'une pareille confidence.
Mais elle sçavoit bien, que
deux Rivales ne sont pas
long tems fort bonnes a-
mies, & que l'amitié la plus
sincere, n'est pas à l'epreuve d'une jalousie bien fondée. Mille choses luy passe-
rent dans l'esprit en même
tems. Elle envisagea d'un
coup d'œil cent consequen-
ces opposées ; Et cette même amitié, qui la pressoit
de s'expliquer, la condam-
na à un silence, qui seul
pouvoit faire le repos de sa
meilleure amie. De l'hu-

meur dont je suis , luy dit
elle , je ferois bien malheu-
reufe d'aimer quelqu'un , je
le ferois encore bien plus
d'eftre vôtre Rivale ; Et a-
prés la confidence que vous
venez de me faire , vous
pourriez toûjours conter,
que je renoncerois à mon
bonheur , plûtôt que de
m'oppofer au vôtre. Vous
déguifez , repartit Celinde,
Vous l'aimez , il vous aime ; Et quand il n'auroit
point d'amour , il a toû-
jours pour vous de cette
forte d'eftime, qui en apro-
che. Quand je n'aurois d'autre preuve de la tendreffe,

qu'il a pour vous, que le
foin, qu'il prend de vous
loüer de tout; Ie pourrois
en étre bien affurée. Mais
il joint aux loüanges, qu'il
vous donne, lors même
que vous ne le voyez pas,
un air tendre & paffionné,
qui ne peut venir que d'u-
ne ame bien touchée. C'eft
une regle fûre. On ne loüe
jamais avec chaleur, que ce
que l'on regarde avec tendreffe. Les loüanges, qui ne
partent que de l'efprit font
toûjours foibles & languif-
fantes. Elles ne font élo-
quentes, que lorfque le
cœur s'en mefle. De là vient

auſſi que ceux qui ont le
plus d'eſprit, ne ſont pas
toûjours ceux qui parlent
le mieux de l'amour. Un
berger qui ſera bien tendre,
s'en expliquera beaucoup
mieux, qu'un bel eſprit qui
ſe picquera d'eſtre indiffe-
rent; Et le vray ſecret de
juger de l'amour, ou de
l'indifference des gens, c'eſt
de les mettre en occaſion,
de loüer la perſonne pour
qui on s'intereſſe. Ie ne
vous le cache pas, je vous
ay fait cette malice. I'ay
parlé cent fois de vous à
Philemon dans cette vuë;
Et il y a toûjours donné

si ingenûment , que je ne
suis que trop confirmée
dans mes craintes.

l'en reviens cependant,
continua t'elle. Ie connoy
mon injustice. Doy-je me
plaindre de luy , s'il ne
m'aime pas; Et puis je me
plaindre de vous , si vous
l'aimez , & s'il vous aime.
Helas , ajoûta t'elle d'un
air languissant , je vous en
assure , ce n'est pas là ma
frayeur. Ma jalousie a quelque chose de trop bizarre.
Ie me faisois un merite ,
d'estre la personne du monde , qui l'aimoit le plus ; Et
delicate , spirituelle & inge-

nieuse comme vous l'estes, je
craindrois si vous l'aimiez,
que vous ne l'aimassiez encore mieux que moy.

l'ay surpris, par hazard,
une lettre que luy écrit une
personne qui l'aime, qui
sçait bien l'aimer, & qui
sçait le dire d'une maniere
bien touchante. l'ay com-
pris par là, qu'une Rivale
spirituelle est bien à craindre ; Et par là même, je
comprens encore, que vous
seriez à craindre plus qu'un
autre. Dés que l'on sçait as-
saisonner, les reproches &
les injures d'un peu de
loüanges, repliqua Berelie,

On a droit de brufquer les
gens , fans qu'ils puiffent
s'en fâcher. Mais voyons
cette lettre. , je vous prie.
Les lettres tendres & paf-
fionnées font une maniere
d'éloge des perfonnes à qui
elles s'adreffent, & vous ne
vous oppoferiez pas fans
doute aux loüanges qu'on
donneroit à Philemon. Non,
répondit Celinde , mais je
me picque de l'aimer mieux
qu'une autre ; Et je me fau-
ray toûjours mauvais gré,
de n'avoir pas fenti pour
luy , ce qu'une autre fçait
luy dire. La perfonne qui
luy écrit eft en Province,

je ne sçay où & elle le croit
à Paris. Voicy la lettre, lisez, & vous verrez, que ma
jalousie toute nouvelle
qu'elle est, n'est pas cependant si mal fondée.

LETTRE.

Nous avons icy, mon
cher Philemon, des gens
qui viennent d'où vous êtes.
Ils nous parlent toujours de
vous ; Et vous croyez bien,
qu'on les écoute sans peine. Cependant, s'il faut vous l'avoüer,
ils vous ont vû dans un repos,
dont le mien ne sauroit s'accommoder. Vous êtes dans le grand

monde, vous y étes fur un bon
pied ; Et j'en fuis ravie. Vous
vous y engagez ; & j'en fuis
au defefpoir. Que ne fuis-je à
votre place, & que ne puis-je
par mille facrifices, vous faire
voir à tous momens, que mon
cœur ne tiendra jamais qu'au
vôtre. Vous avez cet avantage fur moy, que vous me les
avez déja faits mille fois ces
facrifices ; & que vous étes en
occafion, de m'en faire tous les
jours de nouveaux. Ie n'ay rien
à vous facrifier ; Mais j'evite
avec foin tout ce qui me mé-
troit en état de le pouvoir faire, ne contez vous pas cela
pour quelque chofe.

Que cela est delicat, que cela est nouveau, s'écria Berelie, qui en effet n'en étoit que trop touchée, lisez ce qui suit, interrompit Celinde, quelques delicates que soient vos loüanges, elles en diront toûjours moins, que ce que nous en penserons ; Et nous n'aurions jamais fait, si nous voulions nous permettre toutes les reflexions, qu'on pourroit faire en lisant. Vous avez raison, dit Celinde, & elle continua.

Si on n'oblige les gens,
que par là peine que l'on a,
à faire ce que l'on fait pour

eux , vous ne m'avez qu'une
seule obligation , encore vous
en serois-je obligée moy méme , si vous vouliez bien
l'oublier. Ie n'en voudrois
pas une reconnoissance plus
parfaite. Qu'il me seroit doux
de ne devoir qu'à vous même
tout ce que vous avez fait
pour moy. Ie ne voy point
pour des cœurs bien touchez ,
une vertu plus inutile que
la reconnoissance. Cepen-
dant c'est vostre vertu favo-
rite , & vous sçavez , que
j'ay été mille fois allarmée,
du cas que vous en avez
toûjours fait. Ie vous le re-

dis encore , j'aimerois mieux
vous voir un peu ingrat,
que tout a fait reconnoif-
fant.

Grondez moy , fi vous
voulez, dit Berelie, mais je
ne faurois m'empêcher de
m'écrier fur cette penfée.
Ie n'ay rien vû de ma vie,
qui m'ait plû autant , &
qui m'ait touchée davantage. Elle luy a fait fans doute
un aveu fincere de fa paffion. Elle s'en eft expliquée,
quelque peine qu'elle eût
d'en parler. Sa modeftie en
murmure. Elle voudroit
que fon Amant pût oublier
ce qu'elle a fait pour luy;

Et de peur qu'il ne foit plus reconnoiſſant que tendre, elle prefereroit un peu d'in-gratitude ſur ce point, à beaucoup de reconnoiſſan-ce ſur tous les autres. Tout ſe reſſemble dans cette let-tre, dit Celinde, vous trou-verez que tout y eſt de mê-me. Mais achevez de la li-re, je vous en conjure. Phi-lemon pourroit nous ſur-prendre, & vous devez m'é-pargner l'embarras ou me jetteroit cette ſurpriſe. Be-relie lût encore ce qui ſuit.

C'eſt ma pratique, plût à Dieu, que ce fût toûjours la voſtre. Pendant que ma con-

duite sera une regle pour vous,
nous n'aurons jamais de reproche à nous faire. Mais puis-je
ne pas croire ce que l'on me dit;
& si je le croy puis-je ne pas
me plaindre. Aprés tant de
malheurs, en est il encore un
dont je doive craindre l'hor-
reur, & le plus grand de tous
ceux qui ont troublé une si belle flamme, seroit il reservé à
vostre injustice, & si j'ose le
dire, à vostre infidelité. Helas
ma chere vie?... Car enfin ne
croyez pas, que rien puisse me
changer. Si vostre changement
pouvoit méme me paroitre un
peu moins affreux, je souhai-
terois peutestre de vous voir infidelle,

fidelle, pour avoir plus de merite à vous aimer ; Et j'aurois
un jour le plaisir de vous voir
revenir à moy , avec plus de
honte de m'avoir déplu , que
vous n'aviez autrefois d'empreſſement à me plaire. Que
cette penſée a de charmes , &
qu'elle eſt conforme à ma raiſon. Eſt-il juſte aprés tout,
Que je ſois la ſeule cauſe de
tous les malheurs de voſtre vie?
vous aurayie rendu malheureux,
ſans qu'il me ſoit permis de ſou-
haiter d'eſtre heureuſe , en fai-
ſant voſtre bonheur ? Cet avantage eſt peuteſtre deſtiné à d'autres qu'à moy. Vous aimerois
je aſſez peu pour y mettre un

Tome II.   Q

obstacle ; & serois-je assez la-
che pour laisser échaper un seul
soupir qui voulût s'opposer à
vostre repos. Ie l'ay souhaité
aux dépens de tout ce qui ne
s'oppose pas à mon devoir.
N'aurois je plus la force de
souffrir qu'une autre fasse vôtre bonheur, quand je ne puis
le faire moy même.   Non,
ma chere vie, ne pensez plus
à moy. Separez vostre sort de
celuy d'une infortunée, qui le
rendroit toûjours malheureux.
Allez de belle en belle ; & fixez
enfin vostre cœur & vostre
choix, dans l'endroit où vous
pourrez trouver le plus surement, la fin de vos ennuys, &

le commencement d'un calme
solide. Mais je connoy voſtre
cœur, mon cher Philemon, il
eſt tendre & delicat. Vne mediocre paſſion ne pourra jamais
le ſatisfaire. Il faut pour le
contenter un Amour pur, ſin-
cere & deſintereſſé. C'eſt le
portrait que vous faiſiez autrefois du mien, & que je fe-
ray toujours du voſtre. Ie voy
bien cependant que je ſuis un peu
plus intereſſée, que je ne croyois
l'eſtre; Et lorſque je vous con-
ſeille de changer, ce n'eſt que
dans l'aſſurance, que vous reviendrez toujours à moy, ſi
vous ne vous fixez, qu'à la
Perſonne du monde, qui vous

aime davantage. Mais ſans
écouter la deſſus mon intereſt,
je me rends à la raiſon. Eſſayez,
j'y conſens, & je vous l'ordonne méme ; Eſſayez s'il eſt
un cœur, qui puiſſe égaller la
tendreſſe & les tranſports du
mien ; Et ſouvenez vous, que
ma raiſon vous l'ordonne, lors
méme, que mon Amour vous
le defend. Ouy, ma chere vie,
je le ſens bien. Ie vous pouſſe
au changement ; & lorſque je
me fais mille efforts pour vous
l'ordonner ; Ie vous donne des
raiſons ſecretes pour vous le defendre. Cependant j'y reviens
encore. Il eſt tems d'offrir un
remede à vôtre malheur. Voſtre

satisfaction peut faire la mienne, quand bien même je n'y
aurois contribué que d'un con-
sentement. Faites vous un engagement heureux, je vous par-
donneray une infidelité, pourvû qu'elle nous soit avantageuse;
& je vous avertis, que si
vous trouvez encore aprés avoir
changé, que je vous sois meilleure qu'une autre; Ie vous ver-
ray revenir à moy, tout infidelle que vous serez, avec un
plaisir, égal au desespoir de
vous en voir separé. Profitez,
si vous le trouvez à propos, de
cette confidence; Abusez en
même si vous voulez; & soyez
toûjours bien persuadé, que

Q iij

tout ce qui seroit un remede pour un autre, sera un engagement nouveau pour moy. Ie voudrois vous parler encore icy de ce que je vous ay déja dit vint fois dans mes lettres. Mais dans cet article mon cœur pourroit encore parroître interessé; & il se picque de ne l'estre, que pour vos avantages. Aimez moy toûjours; & s'il se peut lors méme, que vous pourriez devenir infidelle, & pour étre bien sûr de ne le devenir jamais, aimez moy autant que je vous aime.

Ie vous croy malheureuse, ma chere Celinde, je ne vous le câche point, dit Be-

relie , aprés la lecture de
cette lettre.   Cette rivale
est bien à craindre pour
vous. Il est bien malaisé
qu'une personne qui sçait
si bien aimer , ne soit un
peu aimée. Ie ne sçay si elle a de la beauté , je voudrois bien en juger par moy
même. Ie me sens pour la
connoître , une curiosité ,
que je ne saurois vous expliquer. Mais si j'étois homme , de quelque maniere
qu'elle fût bâtie , elle auroit de grands charmes pour
moy.   Les sentimens du
cœur sont toûjours à mon
sens , d'un grand merite ,

lors qu'ils font delicats,
finceres & naturels. Ce font
là des beautez, qui ne paf-
fent point, & que le tems
ne fauroit detruire. La beauté eft paffagere. Mais l'agrément de l'efprit, & le merite du cœur durent toû-
jours ; Et le nombre des an-
nées, qui detruit les charmes exterieurs, perfection-
ne ceux qui fe trouvent
dans le fond de l'ame.

Vous la loüez un peu
trop, interrompit Celinde.
Ie n'en ay déja que trop
bonne opinion. Elle eft à
craindre, & je la trouve fi
aimable, que je commence
à la

à la haïr. Cet aveu est delicat pour Philemon , dit
Berelie. C'est dommage qu'il
ne soit icy pour y repondre.
Ie changerois bien de ton,
s'il m'entendoit , repondit
Celinde ; Et je vous defends
sur peine d'estre accusée
d'une horrible infidelité, de
luy parler jamais de ce que
je vous ay fait lire.

Vous portez vôtre secret
trop loin , repliqua Berelie.
Vous pouvez l'exiger de
moy sur ce qui vous regarde ; Mais vous êtes la personne du monde la plus
injuste , si vous me defen-
dez de parler d'une lettre ,

Tome II.   R

qui nous donneroit lieu d'apprendre, peuteftre une des plus belles hiftoires de nôtre tems. Philemon n'eft guere fait comme les autres hommes, s'il ne s'en explique à nous, fans contrainte, à la premiere occafion qu'on luy en donnera.

Rien ne fait tant d'honneur à un honnéte homme, que la paffion d'une honnéte femme, aimable & fpirituelle, rien ne le flate tant auffi, que le recit qu'il en peut faire. Quelque plaifir que l'on prenne de fe loüer par tout ailleurs, la bienseance combat toûjours l'amour propre ; Et les éloges que l'on se donne mal à propos, sont toûjours meslez d'un reproche secret, qui avertit qu'on a tort de se loüer. Mais dans les louanges, que l'on se donne tacitement par la confidence d'une belle intrigue ; La justice, la delicatesse & la reconnoissance servent de pretexte à l'amour propre, en voulant servir de truchement au veritable Amour. On se loüe adroitement en loüant sa maîtresse. Tout ce qu'on dit de plus avantageux d'elle, retom

be toûjours fur fon Amant.
Et je croy que c'eft de là
que vient la demangeaifon
qu'ont tous les hommes,
de faire confidence de leurs
bonnes fortunes ; Et de
montrer avec empreffement,
les lettres galantes qu'on
leur écrit. L'Amitié fert de
mafque à cette confidence.
On ne doit rien avoir de
câché, difent ils, pour des
Amis. Mais ces Amis pour
qui ils n'ont rien de câché,
fe trouvent en fi grand
nombre, que l'on voit bien,
que le defir de fe loüer, eft
le veritable motif des recits
qu'ils en font à tant de gens,

Ce tour eſt adroit, reprit Celinde, & il y a beaucoup de raiſon en ce que vous dites. C'eſt aſſurement un pretexte bien honnéte de ſe loüer, que de faire voir les bons ſentimens, que l'on a pour nous. Les paſſions que nous inſpirons, ſuppoſent en nous de grands avantages. On n'eſt jamais bien aimé, que l'on ne merite un peu de l'eſtre; Et dire que l'on nous aime beaucoup, c'eſt comme aſſurer que nous ſommes fort aimables.

Ne ſeroit ce pas encore par la même raiſon, ajoûta-

R iij

t'elle , que les Amans ne
s'ennuyent jamais enfem-
ble. Le plaifir de fe loüer
en tout ce qu'ils fe difent,
& de fe loüer par l'endroit
le plus fenfible, ne feroit-il
pas le premier charme de
leurs converfations ? N'en
doutez pas, luy repondit Berelie. Un homme de qualité
que nous venons de perdre
nous a dit, que les Amans ne
trouvoient leurs Entretiens
fi doux , que parce qu'ils
parloient toûjoursd'eux mêmes. Sa modeftie a épargné
leur Amour propre. Il pouvoit le porter plus loin, &
l'empreffement de fe don-

ner des loüanges & de s'en
attirer y devoit assurement
entrer pour quelque chose.

Philemon revint & les
abordant, vous étes obeye,
Madame, dit il à Berelie.
Ie ne sçay si vous les serez
à vôtre gré.

Celinde est instruite de
nôtre petit different, interrompit Berelie , elle sera
nôtre juge ; Mais je crains
bien , ajoûta t'elle malicieusement , que le desir de
vous donner des éloges , ne
l'emporte sur celuy de nous
rendre justice. Berelie prit
les tabletes de Philemon,
& elle y lût ces vers.

R iiii

SUR LES CRIS LU-
gubres d'un Paon.

Lorsque le Paon ce bel oiseau,
Enflé de son orgueüil étale son plumage;
Pourroit on rien voir de si beau,
Si comme Philomele il faisoit un ramage.
Le Ciel ne donne pas tous les biens à la fois,
On le voit par ses pieds autant que par sa
voix.
Le rossignol luy même a-t'il droit d'y preten-
dre.
Sa voix est belle, on l'admire en tous
lieux,
Il se fait adorer dés qu'il se fait entendre,
Mais s'il plait à l'oreille il ne plait pas aux
yeux.
Philis seule est toute belle,
Elle n'a que des appas,
Et les cœurs qui n'aiment pas,
N'ont jamais approché d'elle.
Ses charmes sont accomplis,
Et si j'en croy mes yeux & mes oreilles,
Le monde entier n'a pas tant de merveilles,
Qu'en a la seule Philis.
Du monde sans Philis, de Philis sans le monde,
Si je regle le choix par mon cœur amoureux,
Perisse l'Vnivers, qu'un Châos le confonde,
Si j'ay Philis je suis heureux.

Mais c'est faire à Loüis un peu trop d'injustice,
    Il y va de son interest.
    Ce qu'il doit étre & ce qu'il est,
Ne consent pas que le monde perisse.
Il est Heros, mais Heros sans défaut ;
    Et tous les bruits de la victoire,
    Ne portent pas son nom si haut
    Que son nom porte la gloire.
Que l'aigle & le croissant cedent aux fleurs de
    lys,
Que Loüis soit bientôt le seul Maître du monde,
    Qu'un beau succez à sa valeur réponde,
    Et que je plaise à ma Philis.
Mais à quoy bon parler de ce que je desire ;
Que me sert d'expliquer mes plus ardens sou-
    haits ;
Loüis ne verra point de borne à son Empire,
Et peuteste Philis ne m'aimera jamais.

Ie n'attends point le jugement de Celinde, dit Bertelie. Vous vous en étes tiré un peu mieux que je ne croyois. Vous voyez du moins, dit Philemon, que ce sujet est plus riche qu'il ne le paroissoit d'abord ; Et qu'il n'eſt pas malaiſé, de tirer de tout une occaſion plauſible de loüer un grand homme, pour qui on a un reſpect infini; Et une belle femme pour qui on a beau-coup de tendreſſe.

Ie n'en doute plus, re-partit Berelie; Mais pour donner lieu à Celinde de juger, ſi ce que vous dites de cette Philis ſi belle, eſt auſſi vray & auſſi naturel, que ce que vous dites de Louis le grand. Il faut bien que vous nous la faſſiez connoître, & que vous nous diſiez enfin qui elle eſt. Ie ne croy pas qu'elle

le trouvât bon, repondit il
finement, & je luy dois
aſſez de reſpect pour ne pas
vous la nommer. Celinde
& Berelie pouvoient s'ap-
pliquer égallement, ce que
venoit de dire Philemon, &
chacune auſſi l'expliquoit à
ſon ſens. Elles en parurent
toutes deux un peu em-
barraſſées. De la maniere
obligeante & reſpectueuſe
dont vous en parlez, repliqua Berelie, je la croirois
bien de mêchante humeur,
ſi elle trouvoit mauvais ce
que vous pourriez nous dire d'elle. Apprenez le Philemon, ſi vous ne le ſçavez

pas encore , tout le monde aime les loüanges , & les femmes ne les häiſſent pas. L'empreſſement qu'elles ont de plaire , leur en donne un bien grand de s'attirer des éloges. Comme elles ſçavent que l'on ne loüe que ce que l'on eſtime ; Et qu'on n'eſtime beaucoup , que ce qu'on aime un peu. Elles jugent toûjours de leur ſuc-cez par la maniere dont on les loüe. Si la regle en eſt generale, repartit Philemon; Si les loüanges ont ce pou-voir ; & ſi vous y étes auſſi ſenſible que les autres , vous ne ſerez pas long-tems auſſi indifferente, que vous le parroiſſez preſentement.

Si vous étiez bien entré dans mon ſens, interrompit Berelie, vous n'auriez peuteſtre pas fait une reflexion pareille. Vous ne diſtinguez pas la flaterie des loüanges. Bien des gens les confondent auſſi bien que vous; Mais pour moy j'en ſçay bien faire la difference. J'aimerois bien un éloge qui me ſeroit dû. J'y ſerois auſſi ſenſible qu'une autre. Mais je voudrois, qu'on me loüât ſans me flatter. Le meilleur de mes

Amis me deviendroit bien-
tôt insuportable, si de dessein formé , il m'avoit fla-
tée un moment. La flatte-
rie me paroît un monstre
en amitié. Ie suis du sentiment d'un Espagnol qui
dit sur ce chapitre , que l'on
peut avec un peu d'artifice
s'expliquer à des muets &
aprendre d'eux leur pensée,
& que l'artifice ne reussit pas
avec des flateurs. *Veniendo a*
ser el silentio mas communicable,
que la lisonja. Ie romprois tout
commerce avec un flateur
dont j'aurois été la dûpe. Ie
le fuirois; Et il seroit mon
ennemi mortel pour toute sa
vie. Ie vous réponds aussi, que

je suis si bien precaution-
née là deſſus , que je ne
prendrois pas aiſement le
change.

Vous étes bien-heureuſe,
interrompit Celinde , d'a-
voir des lumieres que les
autres n'ont pas. Pour moy
je vous avoüe, que les gens
que j'eſtime me font toû-
jours plaiſir de me loüer,
lors même qu'ils me flat-
tent. Si je ne trouve pas en
moy même , les bonnes
qualitez qu'ils veulent me
donner , je ne suis pas fâchée qu'ils me les croyent.
Leur ſentiment me tient
dieu d'un veritable merite;

Et comme ils n'ont nul interest à me tromper, je ne saurois croire qu'ils prennent plaisir à me seduire. En bien & en mal, repliqua Berelie, c'est une assez méchante regle, de juger des autres par soy même ; Et sur le chapitre de la bonne foy, ne croyez jamais que tous ceux qui vous parlent en ayent de reste, parce que vous n'en sauriez manquer.

Cette confiance est presque toûjours assez mal fondée. C'est à mon sens la chose du monde qui fait le plus de dupes ; Et je ne puis comprendre, que les fem-

femmes raiſonnables y faſſent ſi peu de reflexion,
mais c'eſt que l'on ne ſçait
pas ſe rendre juſtice. On
commence par ſe flater ſoy
même. Nous ſommes les
premieres à ſeconder le deſſein & l'éloquence de nos
flateurs. Ils nous trouvent
toutes diſpoſées aux im-
preſſions , qu'ils veulent
nous donner. Nous allons
au devant d'eux , & nous
leur laiſſons peu de chemin
à faire. Ie ſçay bien , que
tout ce qui plaît impoſe
beaucoup ; Mais comme les
flateries qu'on adreſſe à d'autres ne nous impoſent pas,

Tome II. S

nôtre raison devroit toû-
jours êclairer pour d'autres,
la conduite des flateurs. Il
faudroit étudier leurs mou-
vemens, leurs tons & leurs
gestes, dans les éloges qu'ils
donnent à des gens , qui
nous sont indifferens. L'on
peut aisement par là de-
couvrir leurs pieges, pour
ne pas donner dans leurs
panneaux. Vous sçavez,
que mes amis les Espagnols
disent toûjours comme gens
bien sages. *Es menester escar-*
mentar en Cabeza agena. Cette maxime dit beaucoup.
On éviteroit bien des chagrins, si on en sçavoit fai-

re un bon usage. Cette étude est même aussi agreable,
qu'elle est utile. Ie ne voy
rien de plus curieux dans
une compagnie , que la
connoissance des divers mo-
tifs, qui font parler les gens.
Comme on en juge d'un
air desinteressé , on en fait
toûjours des jugemens as-
sez justes ; Et on y decouvre des choses si divertissan-
tes, que l'on peut dire, que
par ces reflexions , on se
donne toûjours la comedie.
Mais ne s'y trompe t'on
jamais , repartit Celinde.
Entre-t'on si facilement
dans les secrets des cœurs ;

Et les flateurs sont-ils moins adroits que les autres hommes ? Non sans doute, répondit Berelie. Leur adresse va au dela de tout ce que l'on peut s'imaginer ; Et c'est parce qu'ils ne sont pas faits comme les autres, qu'il est aisé de les distinguer. Leur trop grand artifice peut faire eventer leur dessein. Ce que l'on y voit d'abord de recherché, fait remarquer sans peine que ce qu'ils disent n'est pas naturel. * *El primer engaño, excluye con el escarmiento el segundo.*

Vous sçavez bien d'ail

---

* *Dom Ioſ. Pellicer de Tobar.*

leurs qu'il y a une certaine
éloquence dans l'accent,
dans le ton, dans les re-
gards, dans les geſtes &
dans les manieres, qui per-
ſuade un peu mieux que
celle des diſcours. De quelques beaux termes dont ſe
ſervent les flateurs, ils n'ont
pas cette premiere ſorte d'é-
loquence, parce qu'ils ne
parlent pas naturellement.
L'amour propre, qui nous
empêche d'en faire la difference quand ils nous fla-
tent, nous ouvre les yeux
pour nous faire mieux ju-
ger de la maniere adroite
dont ils joüent ceux pou

qui nous ne nous trouvons
pas prevenus. Ce que vous
nous dites est fort delicat,
repartit Philemon. Ces reflexions même sont dignes
de vous; Et je ne doute pas,
que vous ne connoissiez les
flateurs, & que vous ne les
haïssiez Mais si on vous
donnoit de sinceres loüanges , & qu'on vous loüât
sans flaterie, quel jugement
feriez vous de tout, ce que
l'on vous diroit d'avantageux. Parlons des loüanges
en general , interrompit a-
droitement Berelie , qui
croyoit entendre Philemon,
& qui craignoit les refle-

xions de Celinde. Parlons
des loüanges en general ,
poursuivit elle, & jugez de
moy par tout le monde , &
non pas de tout le monde
par moy.

Ie vous l'ay déja dit , &
je vous le redis encore , les
loüanges ne deplaisent jamais , & elles charment
quand elles sont sinceres.
Les femmes les cherchent
avec entétement, les hom-
mes raisonnables s'en ac-
commodent sans peine , les
plus grossiers paisans en sont
touchez , & les enfans les
plus innocens & les plus
simples y sont sensibles.

Les petits éloges qu'on leur donne d'avoir bien fait, leur servent d'aiguillon pour mieux faire. Leur empreſſement redouble dans leurs yeux, & leur ſoin dans leurs petits exercices. Loüez un villageois. Dites luy qu'il eſt bon homme, que ſon travail vous ſatiſfait, que vous étes fort content de luy. Pardonnez moy, vous répond il ingenûment, d'un air de ſatisfaction rependu dans toute ſa perſonne ; Et d'une reverence de ſa façon, il vous montre aſſez le plaiſir que vous luy faites. Un

honnéte

honnéte homme prend un
ferieux noble & raifonna-
ble, dés qu'il s'entend loüer;
Et toute fa raifon ne fuffit
pas pour empêcher qu'il ne
luy échape quelque chofe,
qui fait diftinguer fa rete-
nuë de fa fatisfaction. Si
les femmes par modeftie,
ou par un air du monde,
n'y répondent pas ; Il leur
échape du moins des gef-
tes éloquens, qui perfua-
dent, quelque femblant
qu'elles faffent, qu'el-
les ne font pas fâchées des
éloges qu'on leur donne.
Elles fe redreffent, elles rac-
commodent leurs cheveux,

Tome II.   T

elles écartent leurs coëffes,
& par mille petites façons,
elles font affez voir à quel
point elles en font tou-
chées. Depuis que l'on nous
a fait remarquer , que répondre à des loüanges, c'eſt
vouloir étre loué deux fois.
Les femmes parlent peu
quand on prend ſoin de les
loüer ; Et la peur qu'elles
ont d'interrompre ce que
l'on dit à leur avantage, les
jette dans un ſilence, qu'elles auroient bien de la peine
à garder, ſi on leur parloit
de quelque choſe , qui leur
fût moins agreable. Mais
elles ſe dedommagent d'ail-

leurs , elles ôtent vint fois leur gand fans befoin , elles cherchent quelque épingle & elles l'oftent fouvent d'un lieu , où elle eft neceffaire, pour la mettre où il ne la faut pas.

Il eft certain que la plûpart des femmes font de grandes comediennes, ajoûta Celinde ; Mais eft ce à vous ny à moy de les décrier? Faites vous fi peu de cas de l'eftime de Philemon, que vous vous plaifiez à la perdre , par l'étenduë que vous voulez donner à fes mépris? Si fon averfion eft generale , & s'il hait toutes

les femmes ; Croyez vous
qu'il conserve pour nous
des égards fort particuliers;
Et pourrez vous le croire
sincere , s'il nous en té-
moigne encore ? Vous ne
faites pas son éloge par là,
reprit Berelie , & vous n'a-
vez guere bonne opinion
de luy , si vous n'étes per-
suadée qu'il sçaura toûjours
faire une difference de vous
aux autres. Ie ne m'avise
pas de répondre , dit Philemon , quand vous parlez
pour moy. l'autoriseray tout
ce que vous en pourrez penser , & tout ce que vous en
voudrez dire. Vous ne fe-

rez pas mal de vous en re-
mettre à moy fur ce chapitre, repondit Berelie. Ie fens
bien que je parleray fi a-
vantageufement de vous à
Celinde , que vous n'aurez
pas fujet de me defavoüer.
Ie ne vous voy pas vous
même affez perfuadée à
mon avantage, repartit Philemon , pour croire que
vous puiffiez bien perfuader les autres.

Ie vous voy venir, repli-
qua Berelie , qui craignoit
tout ce qui pouvoit donner
du chagrin à fon Amie.
Vous voulez vous atirer des
éloges; Et la demangeaifon

d'estre loué, vous fait chercher ces petits detours, dont
se servent la plûpart des
gens. Sans mentir, reprit
Celinde , vous étes une é-
trange personne. Ce qu'il
vous dit d'honnéte & d'o-
bligeant merite t'il vos malices? Vous voudriez donc,
repondit Berelie , que je
fisse son panegyrique en
sa presence , & que je ré-
pondisse à ses complimens
par des éloges. Vous de-
vriez me conseiller de luy
faire une declaration d'a-
mour. L'un n'est guere é-
loigné de l'autre, & à mon
sens parmy des personnes

d'un sexe different, répondre à des honnétez par des loüanges, c'est payer un peu d'estime de beaucoup d'amour. Tout de bon, les femmes n'y pensent pas, lorsqu'elles loüent les hommes. Ie ne sçay comme ils l'expliquent, mais à leur place j'entendrois bien le François. Quoy vous appellez cela parler François, interrompit Celinde, que de loüer un honnéte homme qui nous parle obligeamment.

On ne peut guere parler plus clair à mon avis, repartit Berelie ; Et de toutes les declarations que l'on peut faire, je n'en voy pas de plus ingenieuses ny de plus sûres , que celles qui se font par des loüanges. Ie sçay bien, repondit Celinde, que l'on peut faire ces sortes de declarations en loüant. Mais on peut loüer aussi sans faire des declarations pareilles. L'un ne va guere sans l'autre, repliqua Berelie. Les loüanges supposent une familiarité, qui ne peut estre excusée que par un peu de tendresse; Et à moins d'aimer les gens , ou d'estre infiniment audessus d'eux , c'est toûjours une faute de les loüer. Si c'étoit un défaut de ref-fpect de nous donner des loüanges, repartit Celinde, elles nous feroient un peu moins agreables.

Cette regle n'eft pas toû-jours la plus fûre, dit Bere-lie. Nous aimons quelque-fois, qu'on nous manque de refpect. Il y a de petites familiaritez, qui ne nous deplaifent pas. Nous badi-nons fouvent les premie-res, & les hommes ne font jamais entreprenans, lorf-que nous fommes ferieufes. Ie conviens cependant avec vous, que nous aimons bien

que l'on nous honore. Nous
voulons, que l'on ait du
respect pour nous. Nous
avons de l'orgueil, nous
voulons nous élever au dessus des autres, & nous pre-
fererions souvent le plaisir
de dominer à celuy de plaire. Nôtre ambition s'aug-
mente même, par le pou-
voir qui peut estre attaché
à la beauté. Une grande
jeunesse ne fait pas tant
briller des charmes, qu'elle
étale une certaine gloi-
re, qui attire des respects
sinceres. C'est ce que les
Italiens appellent, *il fasto
Virginal.* Cet orgueil nous

est donc si naturel, & ces respects nous flattent d'une maniere si conforme à nôtre humeur, qu'il faut bien que nôtre cœur soit sensible à quelque chose, qui le touche de plus prés que cela ; puisque nous y renonçons sans inquietude, & que nous nous accommodons d'une familiarité fort opposée à nôtre gloire. Les loüanges n'y sont pas contraires, ce me semble, dit Celinde. Elles le sont d'autant plus, repartit Berelie, qu'elles le paroissent peu. Nous les aimons d'abord parce qu'elles flattent

nôtre vanité & nôtre amour
propre. Nôtre cœur y en-
tre enfuite ; & comme nous
croyons qu'un empreffe-
ment de loüer , eft pour
l'ordinaire un defir de plaire , nous nous trouvons en-
gagées , à répondre d'une
tendreffe veritable à une
fimple idée d'amour. Com-
me ce que nous difons ne
tire à nulle confequence,
je ne me menage pas de-
vant Philemon. Ie ne fçay
à quoy les hommes pen-
fent , pourfuivit elle ; & je
ne fçay à quoy nous pen-
fons nous même. Mais en-
core une fois , qui enten-

droit finement l'ufage des loüanges , & qui fauroit bien les menager, iroit loin dans fes deffeins. Tout luy feroit facile. Il obtiendroit ce qu'il voudroit. Il feroit maître des efprits & des cœurs. Le don de perfuader eft attaché à cette fcience. L'eloquence feroit foible fans ce fecours , & qui ne fçait pas s'en fervir, ne doit jamais fe meffer d'inftruire, de toucher, ny de plaire.

Ie ne voy rien de plus utile dans toute forte d'états , que de fçavoir loüer. Ce doit étre un des premiers talens des Amans &

des gens de Cour ; Et ce
doit estre celuy de tous ceux
qui veulent estre sur un bon
pied dans le monde. Ie ne
veux pas descendre dans un
détail inutile , mais rien
n'avance autant les affaires
d'un Amant , que les élo-
ges qu'il donne à pro-
pos à sa maîtresse ; Et lorfqu'elle peut en estre aver-
tie de loin & par des gens
indifferens , il est bien a-
vancé , & il luy reste peu
de chemin à faire. Un
Courtisan ne trouve guere
d'occasions de se signaler
par son courage , mais il en
trouve tous les jours de se

diſtinguer par ſon reſpect.
L'un & l'autre a ſon prix,
& des loüanges & des ap-
probations ont été quelque
fois mieux recompenſées,
que des actions utiles à
l'Etat.

Les Souverains, dit Philemon, peuvent eſtre aſſez
fondez dans cette preference. Tout le monde les ſert,
mais tout le monde ne les
loüe pas. Le Roy eſt je croy
le ſeul Prince, qui eſt encore mieux loüé qu'il n'eſt
bien ſervi. Tous ſes ſujets
l'adorent, & ceux qui n'eſ-
perent rien de luy, ne luy
donnent pas moins d'élo-

ges, que ceux qui en atten-
dent leur fortune. Elle ne
seroit pas une suite de leurs
loüanges, repartit Celinde.
On n'y va guere par là.
Nous n'avons point d'exemple, que le Roy ait élevé
quelqu'un pour en avoir
été loué ; Et s'il vouloit re-
compenser tous les éloges
qu'on luy donne, chacun
de ses sujets seroit bientôt
plus riche que luy. Il ne
méprise pas l'estime de son
peuple. Il la voit même
avec plaisir ; mais sa premiere satisfaction luy vient
de luy même. Il est rempli
de sa gloire ; Et quand on

en

en a beaucoup dans son propre cœur, on n'en cherche guere dans celuy des autres. Mais vous ne vous avisez pas, interrompit Berelie, que vous nous faites vous même un éloge du Roy, juste & assez bien fondé.

Peut-on parler de luy sans le loüer, repartit Celinde. Mais dans mon sens, repliqua Berelie, on ne peut pas loüer beaucoup sans aimer un peu. Vous pouvez sçavoir mieux qu'un autre ce qui en est, repartit Celinde, j'avoüeray toûjours que si on ne l'aime pas, il

Tome II.   V

faut bien aimer quelque
autre, mais je ne l'aimerois
pas du moins, Roy ny He-
ros. Ces qualitez, si vous
y prenez garde, ont quel-
que chose de rebutant pour
un cœur un peu delicat. Elles demandent un respect
qui paroît opposé à la tendresse. l'aimerois en luy le
plus honnéte homme de
son Royaume, le plus ga-
lant, le plus poli & le mieux
fait de la Cour. l'aimerois
sur tout ce bon sens, cet
esprit juste & cette raison
éclairée, qui le mettent au
dessus de tous les Princes,
beaucoup plus que son

thrône ne l'eleve au deſſus
de ſes ſujets.

Ie croirois vôtre fortune
bien aſſurée, dit Berelie, ſi
d'une maniere qui ne fût
point ſuſpecte, le Roy pouvoit eſtre averti de ce que
vous venez de dire. Si la
fortune ſuppoſe quelque
repos, repondit Celinde,
ſon approbation & ſon eſ-
time, pourroient mieux faire la mienne que ſes bien-
faits. Ie ne ſçay s'il eſt ſenſible aux loüanges, reprit
Berelie, les grands hom-
mes ne les ont pas toûjours
mépriſées. Mais je ſçay
bien que des éloges comme

ceux là , lors qu'ils fortent
d'une fi belle bouche, trouvent toûjours le moyen de
fe faire un paffage dans les
cœurs. Les plus indifferens
peuvent par là devenir fen-
fibles. La haine même n'eft
pas à l'epreuve de ces fortes
de loüanges. Les efprits les
plus emportez deviennent
doux & paifibles , & les
plus mutins fe rendent par
là honnétes & complai-
fans.

Comme vous en parlez,
dit Celinde, vous ne croyez
pas qu'il y ait plus loin, de
l'indifference à l'amour,que
de la haine à la tendreffe.

Vôtre remarque est delicate, repondit Berelie. Ie voy
vôtre pensée, & je suis de
vôtre avis. Mais il n'est
point d'indifference à l'e-
preuve d'un éloge tendre &
sincere. Revenons à la haine, dit Celinde, qui craignoit cessortes de reflexions.

Il est certain, que les
gens qui paroissent emportez se retiennent beaucoup,
quand on les loüe. Dites
leur dans leurs plus grands
transports, qu'ils sont raisonnables, que bien d'au-
tres porteroient les choses
plus loin, qu'ils ont beaucoup de moderation, que

V iij

leur gloire ne doit pas
fouffrir une infulte ; mais
qu'on pourroit prendre
des expediens plus natu-
rels. Vous les voyez re-
venir de leur emportement
& vous vous en rendez maître. On entre d'abord dans
leur penfée , & dés qu'on
s'en eft faifi , on en difpofe
fans peine. On les loüe
d'une raifon qu'ils n'ont
pas, pour la leur faire chercher. La honte qu'ils ont
de ne pas meriter les éloges
qu'on leur donne, leur fait
affecter tout ce qui pourroit
les en rendre dignes ; Et
pour les reduire entiere-

ment, on n'a qu'à leur sup-
poser, que leur ennemi leur
donne des loüanges , sur
l'endroit dont ils sont les
plus entétez. Ie me souviens
d'un accommodement que
je fis, il n'y a pas long-tems
dans mon voisinage. Un
homme qui se picque de
qualité,& qui n'est pas même gentil-homme, se plai-
gnoit extremement d'un autre, qui a du merite & de
la naissance. Leur procedé
augmentoit tous les jours
leur aigreur , & les affaires
étoient sur le point de faire quelque éclat fâcheux ;
Ie me meslay plus d'une

fois inutilement de les accommoder. Le faux noble
n'étoit pas raisonnable, &
l'autre l'étoit beaucoup. Ie
m'avisay un jour d'un ex-
pedic qui me reussit as-
sez bien. Il faut vous
l'avoüer, dis-je un jour au
pretendu gentil-homme, je
ne comprens pas, qu'un
homme de vôtre qualité
s'oublie si fort de ce qu'il
se doit. Ie vis que mon
homme se radoucit d'abord.
Ie poussay ma pointe, j'é-
tois de vôtre party, luy dis je,
dans le commencement, je
croyois toute la raison de
vôtre côté ; Mais je vous
trouve

trouve si déchaîné contre
un homme, qui ne dit que
du bien de vous, que je ne
saurois approuver cette conduite. Ie luy fis entendre,
que sa qualité inspiroit du
respect à son ennemy, &
son merite de l'estime. Que
je luy en avois ouy parler
avec deference, & avec un
desir de luy rendre toûjours
ce qu'il luy devoit; Et j'ap-
puyay tant sur la qualité, que
je reduisis le pretendu gentil-homme à tout ce que je
voulois de luy.

Ce secret est infaillible,
ajoûta Berelie. Loüer les
gens par leur entétement,

Tome II.   X

c'est les prendre par leur
foible ; Et l'eloquence seroit moins difficile qu'elle
ne paroît, si on faisoit des
reflexions bien justes sur
cette maxime. Je com-
prends du moins, dit Phi-
lemon, que c'est un don
que de sçavoir bien loüer;
Et que la pratique n'en est
pas aisée. Non en verité,
repartit Berelie. Il est facile
de donner des loüanges,
mais il ne l'est pas de bien
loüer.

On pourroit cependant
sans trop de peine éviter
des fautes grossieres, que
l'on fait tous les jours en

loüant. Ie ne puis souffrir,
par exemple, ces loüanges
exclusives, s'il m'est permis de les nommer ainsi,
qui ôtent souvent aux uns,
ce qu'elles donnent de trop
aux autres. C'est la plus
belle femme du monde, dit-
on tous les jours, en presence même de quelques-
unes qui ne le cederoient
pas.

Ne seroit il pas plus na-
turel de loüer une belle
personne absente, d'une
maniere dont les presens se
pourroient faire quelque
honneur, par l'application
qu'ils en feroient à eux mê-

X ij

mes. Car c'est encore une
autre faute de loüer les
gens, par des endroits op-
posez à ce qui paroît dans
les personnes à qui on parle. Loüer une taille fine,
libre & degagée, devant une
femme qui aura de l'em-
bon-point, est à mon avis
une faute de jugement qui
seroit aisée à éviter, & que
cependant on n'évite pas
toûjours. C'est plûtôt une
satyre qu'un eloge; Et c'est
moins loüer les uns, que
blâmer les autres. Mais en
échange, c'est un grand art
de loüer finement, que de
donner des loüanges aux

abfens, par des portraits qui
reffemblent à ceux à qui
on parle. Les femmes qui
font toûjours prevenues de
leur merite ; Et qui s'atten-
dent à tout moment, que
la converfation tournera fur
quelque chofe qui les re-
garde, prennent fi vîte ces
penfées equivoques, qu'elles n'en perdent pas un de-
my ton.

Pour des gens qui s'ai-
ment, & qui peuvent pre-
voir d'intelligence, tout ce
qui peut leur faire plaifir,
ils ne font guere touchez,
s'ils ne conviennent de cent
petites chofes, qui lors mê-

me qu'ils ne sçauroient se
parler, leur donnent lieu
de se loüer eternellement,
devant tout le monde, sans
que d'autres qu'eux y prennent garde. C'est domma-
ge, dit Philemon, que
vous ne vouliez vous en
mesler. Vous en parlez si
bien.... Vous m'avez sou-
vent loüée de sçavoir parler, interrompit brusque-
ment Berelie qui mena-
geoit le repos de son Amie;
Il est tems, que vous me
donniez des loüanges de ce
que je sçay me taire.

Leurs femmes se prome-
noient dans une autre rou-

te du petit bois. Elle les
appella & elle doubla le pas
pour les joindre comme ſi
elle avoit affaire d'elles. Par
là elle donna occaſion à
Celinde, de tirer de Philemon un éclairciſſement,
qui pourroit donner lieu à
une nouvelle aſſez curieuſe.

F I N.

Extrait de Privilege du Roy.

PAr Grace & Privilege du Roy, donné à Paris le premier jour de May 1681. Signé par le Roy en son Conseil, GAMART. Il est permis au Sieur de *** de faire imprimer, vendre & debiter par tel Marchand Libraire ou Imprimeur qu'il voudra choisir, un livre intitulé, *Entretiens Galans* : & deffenses sont faites à tous Imprimeurs & Libraires & autres personnes de faire Imprimer ledit livre, à peine de trois mille livres d'amande, confiscation des Exemplaires & de tous dépens, dommages & interests, comme il est plus amplement porté par ledit Privilege.

Et ledit Sieur de *** a cedé & transporté son droit & Privilege à Jean Ribou, pour en jouir par luy, suivant l'accord fait entr'eux.

Registré sur le livre de la Communauté.

Achevé d'Imprimer pour la premiere fois le dernier Iuin 1681.